서술형 시험 이렇게 출제된다

초등 5학년
서술형·논술형
문제집

국어 · 수학 · 사회 · 과학

[초등서술형 · 논술형평가연구회]

상상채로

초등5학년
서술형·논술형 문제집

1판 1쇄 발행 2012년 11월 1일

지은이 | 초등서술형 · 논술형평가연구회
펴낸이 | 모흥숙
펴낸곳 | 상상채널
출판등록 | 제2011-0000009호

_이 책을 만든 사람들
편집 | 유아름, 정경화
기획 | 박윤희, 이경혜
교정 | 박윤희
표지 | 이현희

종이 | 제이피시
제작 | 현문인쇄

주소 | 서울시 용산구 후암동 123-1
전화 | 02-775-3241~4
팩스 | 02-775-3246
이메일 | naeha@unitel.co.kr
홈페이지 | http://www.naeha.co.kr

값 12,800원
ⓒ 초등서술형 · 논술형평가연구회 2012
ISBN 978-89-969526-3-3

서술형·논술형 평가 따라잡기

서술형·논술형 평가 이래서 중요합니다.

- 교과부 및 교육청에서는 서술형·논술형 평가를 확대 실시하고 있다.
- 창의력, 비판적 사고력, 문제해결력, 통합사고력을 중요시하는 평가로 전환되었다.
- 복합적문제, 통합적문제, 융합형문제로 출제 경향이 전환되고 있다.
- 입학사정관제, 스마트교육시대, 융합형시대 등 미래사회에 핵심역량을 강화할 수 있는 평가로 전환되고 있다.

서답형 평가의 종류는 여러 가지가 있습니다.

- **단답형** : 진술문에 대하여 간단히 답하거나 질문에 대하여 서술형의 답을 나타내게 하는 문항이다.
- **완성형** : 진술문, 도표, 낱말 혼합 등을 불완전하게 제시해 완전한 진술문으로 만들게 하는 문항이다.
- **서술형** : 논술형에 비해 서술해야 하는 분량이 많지 않고 채점할 때 서술된 내용의 깊이와 넓이에 주된 관심을 두는 문항이다.
- **논술형** : 학생 자신이 나름대로의 생각이나 주장을 논리적으로 설득력 있게 조직하여 작성하는 것을 강조하는 문항이다.

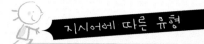
지시어에 따른 유형

설명하기	느낌쓰기	문제만들기
비교하기	의견쓰기	재조직하기
요약하기	논술하기	정의내리기
정리하기	분류하기	관련시키기
해석하기	분석하기	공통점 찾기
예시하기	적용하기	차이점 찾기
기술하기	반응하기	갈등 파악하기
제시하기	예측하기	구조 파악하기
항목들기	유도하기	개념 적용하기
전개하기	비판하기	심리 파악하기
개요쓰기	추론하기	방법 설명하기
관계짓기	종합하기	틀린 것 고치기
평가하기	주장하기	원인과 결과 찾기 등

서술형·논술형 평가 대비하는 방법은 이렇습니다.

● 꾸준한 양질의 독서로 독해력, 표현력을 기른다.

● 다양한 글쓰기 훈련을 하고 쓴 글에 대하여 지도를 받는다.

● 정답보다는 자신의 생각을 정리하여 글로 표현한다.

● 하나의 개념과 지식이라도 정확하고 확실하게 익힌다.

● 배운 내용을 구조화하여 정리노트를 만들어 정리한다.

● 다양한 서술형·논술형 평가 유형의 문제를 많이 풀어 본다.

• 국어는 평소에 책을 읽고 느낀 점을 글로 써 보는 습관을 기른다.

• 수학은 기본개념, 풀이과정, 다양한 방법으로 해결하는 습관을 기른다.

• 사회는 지도, 사진, 도표 등 여러 자료를 해석하고 분석하는 능력을 기른다.

• 과학은 실험과정, 결과, 원리, 주의점 등 실험보고서를 작성 정리한다.

서술형·논술형 평가 문제 이렇게 해결하세요.

● 요구하는 답이 무엇인지 끝까지 문제를 읽고 답을 작성한다.
● 보기와 조건들을 하나씩 확인하면서 문제를 풀어가는 습관을 기른다.
● 순서대로 차근차근 풀되 알고 있는 문제부터 푼다.
● 시간이 부족하면 점수가 높은 순서대로 푼다.
● 글씨를 정자로 써야 하고 맞춤법에 맞도록 작성한다.
● 사례 나열 방식이나 요소별 배점 방식에 유념하여 푼다.

채점방식

사례 나열 방식	부분 점수를 받을 수 있는 모든 답안의 예를 구체적으로 제시하고 각각에 대한 득점을 명시하는 방법
감점 조건 제시 방식	감점을 당하게 되어 있는 답안상의 미비점을 구체적으로 명시하고 그에 대한 감점 값을 명시하는 방법
요소별 배점 방식	정답 혹은 모범답안을 구성하고 있는 채점 요소 각각에 대하여 배점을 명시하는 방법

이 책의 구성의 장점입니다.

❀ 1, 2학기 단원별로 서술형·논술형 평가 문항을 출제하였다.
❀ 기본에서 심화까지 모든 유형의 문제를 풀어볼 수 있다.
❀ 채점기준과 예시답안을 제시하여 자기주도적으로 공부할 수 있다.
❀ 문제마다 풀이에 도움이 되는 고득점을 위한 팁을 제시하였다.

이 책의 효과적인 활용 방법은 이렇습니다.

❀ 학생들에게는 해당교과 단원의 진도가 끝나면 스스로 풀어보고 채점해 볼 수 있어 서술형·논술형 평가 시험에 대비할 수 있다.
❀ 학생들에게는 전학년도의 책을 구입하여 서술형·논술형 평가 문제를 풀어 봄으로써 현재 학년의 서술형·논술형 평가 시험문제를 해결하는 능력을 기를 수 있다.
❀ 학교 및 학원교사들에게는 서술형·논술형 평가 문항 출제시 예시자료로 활용할 수 있고 서술형·논술형 평가 문항 지도 자료로 활용할 수 있다.
❀ 학부형에게는 서술형·논술형 평가 문제의 개념을 파악하고 자녀와 함께 서술형·논술형 평가에 대비하는 지침서로 활용할 수 있다.

목차

국어

Korean

5학년 국어

01. 이야기의 인상적인 부분을 찾아 그 까닭 말하기　　　〔1학기〕 1. 문학의 즐거움

문제 1 '나를 싫어한 진돗개'를 읽고 가장 인상적인 부분을 찾아 그 까닭을 써 보시오.

（점선으로 구성된 필기 공간）

다음 채점 기준을 참고하여 답안을 작성하여 보시오.

영역	문제	채점 기준	배점	내 점수
읽기	1	·인상적인 부분을 찾고 인상적인 부분에 대한 까닭을 구체적으로 표현한다.	5	
		·인상적인 부분을 찾으나 인상적인 부분에 대한 까닭을 구체적으로 표현하지 못한다.	3	
		·인상적인 부분을 찾지 못하고 인상적인 부분에 대한 까닭을 구체적으로 표현하지 못한다.	1	

고득점 Tip

◉ 이야기에서 인상적인 부분을 찾을 때에는 장면이나 상황이 실감나게 표현된 부분을 찾는다.

◉ 인물의 말이나 행동이 실감나게 표현된 부분을 찾는다.

문제 1 다음 보기의 주제 중에서 한 가지를 선택하여 기사문을 작성하여 보시오.

- 친구의 자랑거리나 본받을 점을 칭찬하는 내용
- 최근 우리 마을에서 일어난 일 중에서 알리고 싶은 내용
- 우리 가족에게 일어난 일 중에서 알리고 싶은 내용
- 우리 학교나 학급에서 일어난 일 중에서 알리고 싶은 내용

주의사항

① 선정한 주제에 어울리는 기사문의 제목을 정한다.
② 기사문은 육하원칙에 따라 작성한다.
③ 기사문은 경험과 사실을 바탕으로 하여 쓰고 꾸며서 쓰지 않는다.

제목 :

다음 채점 기준을 참고하여 답안을 작성하여 보시오.

영역	문제	채점 기준	배점	내 점수
읽기	1	·앞뒤 문맥을 통하여 낱말의 의미를 파악하고 적절한 낱말로 바꾸어 썼다.	5	
		·앞뒤 문맥을 통하여 낱말의 의미를 파악하지 못했거나 적절한 낱말로 바꾸어 쓰지 못하였다.	3	
		·앞뒤 문맥을 통하여 낱말의 의미를 파악하지 못하였고 적절한 낱말로 바꾸어 쓰지 못하였다.	1	

◉ 낱말의 의미 파악은 사전에 기재된 정확한 의미를 아는 것이 아니라 문맥에서 의미를 추론하는 활동이다.

◉ 문맥적 의미를 알고 적절한 낱말로 대체할 때에는 문장이 자연스럽게 구성되도록 앞뒤 부분도 조금씩 바꿀 수 있다.

문제 1 내가 최근에 본 영화나 책을 친구에게 소개하는 글을 인터넷 게시판에 쓰려고 한다. 어떻게 소개하면 좋을지 다음 내용을 참고하여 소개할 내용을 정리하여 써 보시오.

(1) 어떤 제목을 붙이면 친구들이 읽고 싶은 마음이 들게 될지 알맞은 제목을 정하여 본다.

(2) 어떻게 글을 시작하면 친구들이 내 글을 끝까지 읽을 수 있을지 생각하여 본다.

(3) 친구들에게 어떠한 정보를 제공할지 생각하여 본다.

(4) 친구들이 내 글을 쉽게 읽기 위해서는 어떠한 글꼴과 문단 구성으로 글을 쓸지 (또는 써야할지)생각하여 본다.

다음 채점 기준을 참고하여 답안을 작성하여 보시오.

영역	문제	채점 기준	배점	내 점수
듣기 말하기 쓰기	1	·읽고 싶은 마음이 들도록 제목을 정하였고 첫 시작 문단이 흥미를 끌 수 있으며 유용하고 의미 있는 정보를 제공하였다.	5	
		·첫 시작 문단이 흥미를 끌지 못하거나 올린 내용이 별로 유용하고 의미 있는 정보가 아니다.	3	
		·제목이나 첫 시작 문단이 흥미를 끌지 못하고 올린 내용이 별로 유용하고 의미 있는 정보가 아니다.	1	

◉ 제목을 쓸 때 책 제목을 그대로 쓰지 않도록 한다.

◉ 이야기를 읽으면서 인상깊었던 장면을 중심으로 나만의 생각이나 느낌을 솔직하게 나타낸다.

문제 1 평소 읽고 싶은 책에 대한 다른 사람의 서평 등 그 책에 대한 자료를 찾아 읽고
그 책에 대한 느낌을 써 보시오.

읽고 싶은 책	
책의 줄거리 (구성)	
강조하고 있는 내용	
다른 사람의 평	
그 책에 대한 내 느낌	

다음 채점 기준을 참고하여 답안을 작성하여 보시오.

영역	문제	채점 기준	배점	내 점수
읽기	1	·읽고 싶은 책을 골라서 줄거리를 이해하고 요약할 줄 알며 다른 사람의 의견에 귀를 기울이고 자신만의 느낌을 정리하였다.	5	
		·읽은 책의 줄거리를 요약하는 능력이 부족하거나 자신만의 느낌을 정리하는 것이 미흡하다.	3	
		·읽은 책의 줄거리를 요약하는 능력이 부족하고 자신만의 느낌을 정리하는 것이 미흡하다.	1	

◉ 서평을 쓸 때에는 책에 대해서 소개하는 내용과 책에 대하여 평가하는 내용으로 구성하면 좋다.

문제 1 우리반에서는 '내가 좋아하는 동물'에 대해 매체를 활용하여 발표하기로 하였다. 정은이는 강아지에 대해 발표하기로 하고 다음과 같이 개요를 작성하였다. 정은이가 되어 개요를 작성해 보시오.

발표순서	발표 내용	사용할 매체
처음	☁	☁
가운데	☁ ☁ ☁	☁ ☁ ☁
끝	☁	☁

다음 채점 기준을 참고하여 답안을 작성하여 보시오.

영역	문제	채점 기준	배점	내 점수
듣기 말하기 쓰기	1	·대상의 특성을 나타내는 발표 내용을 고르고 발표 내용에 알맞은 매체를 선정한다.	5	
		·대상의 특성을 나타내는 발표 내용을 고르거나 발표 내용에 알맞은 매체를 선정하지 못했다.	3	
		·대상의 특성을 나타내는 발표 내용을 고르지 못하고 발표 내용에 알맞은 매체를 선정하지 못했다.	1	

● 매체의 경우 사진, 도표, 그림, 동영상 등을 쓰도록 한다.

◯ 다음 글을 읽고, 물음에 답하시오.

　　어제, 지수네 반에서는 교실에서 돈이 없어진 사건이 일어났다. 명호가 저금을 하기 위해 돈 3,500원을 가져왔는데 없어졌다는 것이다. 울상이 된 명호는 호주머니와 책가방, 책상 속을 다 뒤졌지만 돈은 나오지 않았다. 선생님은 모두들 눈을 감으라고 말씀하신 후 돈을 가져간 사람은 조용히 손을 들라고 하셨다. 그러나 아무도 손을 들지 않았다.

　　지수네 반에는 정민이란 아이가 있는데 집안 형편이 어려워 급식비도 내지 못하고 있었다. 그런데 웬일인지 정민이는 그 날, 급식비도 내고 친구들에게 빵도 사 주었다. 그래서 친구들은 정민이가 아무래도 의심스럽다고 수군거렸다. 이 이야기는 담임 선생님의 귀에도 들어갔다. 선생님은 '설마' 하면서도 언뜻 이상한 생각이 들었다. 왜냐하면 며칠 전 길에서 정민이 어머니를 만났을 때 급식비를 못내 죄송하다는 말씀을 들었던 기억이 났기 때문이다.

　　선생님은 방과 후 정민이와 함께 들길을 걸으면서 가난해서 친구의 돈을 훔친 어떤 아이의 이야기를 해 주었다. 그 이야기를 듣고 정민이가 눈물을 흘렸다. 선생님은 '됐구나.' 싶어서 정민이의 손을 꼭 잡고 말했다.

　　"괜찮아, 나도 그런 적이 있었어. 선생님은 널 나쁘게 생각하지 않아."

　　이튿날, 정민이는 학교에 나오지 않았다. 선생님은 마음에 걸려서 가정 방문이라도 해야겠다고 생각했다. 그리고 잃어버린 돈을 선생님이 찾았다며 선생님은 자신의 돈을 명호에게 건넸다. 그 때 명호가 말했다.

　　"선생님, 저어…… 잃어버린 줄 알았던 돈이 나왔어요. 돈을 필통에 넣어 두었는데 제 필통이 동생 것과 바뀌었어요."

　　순간 선생님은 눈앞이 캄캄하였다. 어제 들판에서 자기의 이야기를 듣고 눈물을 흘리던 정민이의 슬픈 얼굴이 생생히 떠올랐다.

_배우며 생각하며, 한국교육개발원, 26~27쪽

문제 1 사건의 인과관계에 주의하며 사건의 흐름을 파악해 보시오.

①	
②	
③	
④	
⑤	
⑥	

문제 2 지수네 반 친구들과 선생님의 판단에 어떤 잘못이 있었는지 쓰시오.

문제 3 위 글을 바탕으로 자신의 말에 책임을 지는 태도가 중요한 이유를 쓰시오.

다음 채점 기준을 참고하여 답안을 작성하여 보시오.

영역	문제	채점 기준	배점	내 점수
읽기	1-3	·일상적인 대화에서 무책임한 말의 폐해를 알고, 책임 있게 말하는 것이 왜 중요한지 이유를 들어 설명하였다.	5	
		·일상적인 대화에서 무책임한 말의 폐해를 알지 못하거나 책임 있게 말하는 것의 중요성을 알지 못한다.	3	
		·무책임한 말의 폐해와 책임 있게 말하려는 태도의 중요성을 잘 알지 못한다.	1	

🌼 글쓴이가 이 글을 통해서 독자에게 무엇을 전하려고 했는지 살펴본다.

문제 1 다음 광고의 주제와 광고의 표현 특성을 알아보시오.

사랑의 평균 지속시간 18개월
종이컵 분해 시간 20년
한 직장 평균 근속 연수 11년
비닐봉지 분해 시간 50년
한국인 평균 수명 77세
스티로폼 분해 시간 500시간
인생은 짧고 일회용품은 길다.

**일회용품 하루 하나씩만 줄여도
미래가 깨끗해집니다.**

광고의 주제	
광고의 표현 특성	

다음 채점 기준을 참고하여 답안을 작성하여 보시오.

영역	문제	채점 기준	배점	내 점수
읽기	1	·광고를 보고 광고의 주제를 파악하고 광고의 표현 특성을 안다.	5	
		·광고를 보고 광고의 주제를 파악하나 광고의 표현 특성을 파악하지 못한다.	3	
		·광고를 보고 광고의 주제를 파악하지 못하고 광고의 표현 특성을 파악하지 못한다.	1	

◉ 평가에 임하기 전 집중하여 광고를 보는 태도를 가져본다.

◉ 광고의 주제를 잘 드러내기 위하여 적절한 광고의 표현 특성이 무엇인지 생각해 본다.

💬 **다음의 이야기를 잘 읽고, 물음에 답하시오.**

꾀병을 부리고 외양간에서 쉬고 있던 당나귀가 황소에게 말했다.

"요즘 기분이 어떤가?"

"말도 말게. 온종일 죽도록 일만 해야 되는 신세지 뭔가."

"몸을 아껴야지. 내가 좀 더 편히 살 수 있는 좋은 방법을 가르쳐 줌세."

"그렇게까지 생각해 주니 고맙네. 자네 말이라면 뭐든지 듣지."

"오늘 밤엔 여물을 먹지 말게나. 자네가 아무것도 안 먹으면 주인은 병에 걸린 줄
알고 고된 일에서 해방시켜 줄 걸세. 그럼 자네도 나처럼 편히 쉴 수 있을 게 아닌가."

황소는 당나귀의 충고를 받아들여 그대로 했다.

날이 밝아 농장 주인이 외양간에 들러보니 당나귀가 황소 몫의 여물까지 먹어치웠
고 황소는 자고 있었다.   _출처 : 재미있는 탈무드

문제 1 황소는 어떤 불만을 가지고 있는지 쓰시오.

- -

문제 2 황소가 열심히 일하는 동안 당나귀는 무엇을 하고 있었는지 쓰시오.

- -

- -

문제 3 당나귀가 속상해 하는 황소에게 가르쳐 준 방법을 쓰시오.

- -

- -

문제 4 여러분이 농장 주인이라면 농장 일을 어떻게 처리할지 쓰시오.

- -

- -

- -

문제 5 문제 4의 답을 바탕으로 이 날 밤의 당나귀와 황소의 대화를 쓰시오.

다음 채점 기준을 참고하여 답안을 작성하여 보시오.

영역	문제	채점 기준	배점	내 점수
듣기 말하기 쓰기	1-5	·뒤에 이어질 내용을 짐작하며 읽고, 누가 농장 일을 할 것인가에 따라 대화의 내용이 자연스럽게 이어지도록 썼다.	5	
		·짐작한 내용을 이어질 내용으로 어울리게 표현했으나 이야기의 흐름이 자연스럽지 못하다.	3	
		·뒤에 이어질 내용이 앞의 이야기와 어울리지 않는다.	1	

◉ 이야기를 꾸며 쓸 때에는 사건과 사건이 효과적으로 연결되어야 하며 장난스러운 내용으로 흐르지 않도록 한다.

문제 1 마당을 나온 암탉을 읽고 이야기 속의 인물이 되어 다양한 입장에서 편지쓰기를 해 보시오.

다음 채점 기준을 참고하여 답안을 작성하여 보시오.

영역	문제	채점 기준	배점	내 점수
읽기	1	·내 경험이나 등장인물의 마음을 헤아려 생각이나 느낌을 잘 표현하였으며 내가 가진 배경지식을 충분히 활용하였다.	5	
		·내 경험이나 등장인물의 마음을 헤아려 생각이나 느낌을 잘 표현하지 못했거나 내가 가진 배경지식을 충분히 활용하지 못하였다.	3	
		·내 경험이나 등장인물의 마음을 헤아려 생각이나 느낌을 잘 표현하지 못했고 내가 가진 배경지식을 충분히 활용하지 못하였다.	1	

◉ 같은 작품을 읽어도 읽는 이의 경험과 상상력에 따라 다르게 표현됨을 이해하고 비교해 보도록 한다.

◉ 등장인물의 입장이 되어 다양한 각도에서 생각하여 보도록 한다.

문제 1 다음 기사문을 읽고 내가 장난감 회사의 사장이라고 생각하고 소비자에게 사과하는 말을 해 보시오.

뉴스 진행자 : 부모님께서는 아이들에게 늘 좋은 것만 해 주고 싶으실 것입니다. 그런데 어린이들이 좋아하고 항상 가지고 노는 장난감이 어린이의 안전을 위협하고 있다면 믿으시겠습니까?

기자 : 아이들이 좋아하고 항상 가지고 싶어하는 것, 무엇이 있을까요? 맞습니다. 바로 장난감인데요. 지금 보시는 것은 어린이들이 좋아하는 장난감 기차입니다. 하지만, 이 장난감에는 무서운 것이 숨겨져 있습니다. 바로 장난감을 칠하는 페인트에서 인체에 해로운 물질이 검출된 것입니다. 이 장난감은 많은 어린이가 좋아하는 것으로 벌써 1만 대 이상이 팔려나갔다고 합니다. 장난감을 입으로 빨기도 하는 어린이들에게 심각한 부작용이 우려됩니다.

➡ **장난감 회사 사장의 사과문**

다음 채점 기준을 참고하여 답안을 작성하여 보시오.

영역	문제	채점 기준	배점	내 점수
듣기 말하기 쓰기	1	·진실하게 사과하는 마음이 잘 나타나 있고 자신의 잘못을 반성하며 다시는 그러지 않겠다고 다짐하는 마음이 나타나 있다.	5	
		·듣는 이가 사과하는 마음이 충분하다고 느낄 수 있게 글을 쓰지 못했거나 자신의 잘못을 반성하고 다시는 그러지 않겠다고 다짐하는 마음이 나타나 있지 않다.	3	
		·듣는 이가 사과하는 마음이 충분하다고 느낄 수 있게 글을 쓰지 못했고 자신의 잘못을 반성하고 다시는 그러지 않겠다고 다짐하는 마음이 나타나 있지 않다.	1	

◉ 자신의 잘못을 반성하고 다시는 그러지 않겠다고 다짐하여야 한다.

◉ 사과하고 싶은 내용이나 까닭을 쓸 때에는 상대방의 입장을 배려하도록 한다.

문제 1 '은혜갚음'이라는 주제에 알맞게 뒷이야기를 꾸며 써 보시오.

옛날 어느 곳에 자식도 없이 단둘이 살던 부부가 있었다.

어느 추운 가을날 부부는 추수를 하기 위해 아침밥을 일찍 먹고 들에 나가려는데 대문간에 갓난아이가 강보에 쌓여 울고 있는 것을 발견하였다.

주인 내외는 나가려던 발길을 멈추고 아기를 안고 들어와 돌봐주며 부모가 나타나기를 기다렸다. 그러나 며칠을 기다려도 아기의 부모가 나타나지 않자 마땅히 보낼 데도 없고 자식도 없는 집이라 그 아이를 정성껏 키우기로 하였다. 그 뒤, 안주인에게도 아이가 생겨 아들을 낳게 되었다. 부부는 두 아들을 조금도 차이를 두지 않고 정성들여 키웠다.

그럭저럭 세월이 흘러 두 아들이 장성하였고 부부는 백발노인이 되었다. 부부는 서로 의논하기를 두 아들들에게 큰아들의 사연을 이야기하여 주고 재산을 물려 주자고 하였다. 주인 내외는 큰아들에게 재산을 다 물려 주고 둘째에게는 먹고살 만큼만 남겨 주겠다고 하였다.

그런데 큰아들은 자기가 친자식이 아니라는 것에 놀라고 친자식도 아닌데 재산을 다 물려주겠다고 하니 더 놀랐다. 그 후에 큰아들은 편지 한 장 남겨놓고 집을 떠났다.

집을 떠난 큰아들은 정처 없이 다니다가 어느 숲속 오두막에서 밤을 지내게 되었는데 맞은 편 벼랑 끝 바위에서 수십 마리의 족제비한테 공격을 받고 있던 어미 원숭이를 보고는 구해 주었다. 그러나 원숭이는 곧바로 어디론가 가 버렸다.

다음 날 큰아들이 바위에서 쉬고 있는데 원숭이가 조르르 내려와서는 옆에 놓아 둔 보따리를 냉큼 집어가 버렸다. 큰아들은 어이가 없었다. 보따리에는 헌 옷가지와 짚신 두어 켤레가 들어 있을 뿐이지만 그게 없으면 먼 길을 가지 못했다. 그런데 조금 있으니까 원숭이가 다시 나타나 보따리를 도로 놓고 가버렸다.

무슨 놈의 원숭이가 장난을 치나 싶었지만 보따리를 다시 찾았으니 길을 떠났다. 한참을 가는데 뒤에서 말 탄 군사들이 오더니

"게 섰거라! 당장 거기 서지 못할까?"

"그 보따리에 무엇이 들어 있는지 어서 풀어 보아라."

문제 2 다음의 글을 읽고, 이어질 이야기를 상상해서 쓰시오.

　　지난 여름, 우리 가족은 마당이 있는 집으로 이사를 했다. 우물이 있고, 정원이 있는 그런 집으로 말이다. 처음으로 갖게 된 우리 집이라 식구들 모두 들떠 있었다. 이사 오자마자 가장 눈에 띈 것은 여기 저기 되어 있는 낙서다. 그것을 지우는 것이 나에게 주어진 일이었다.

　　서툰 글씨, 어딘지 모를 주소, 약도…….

　　나는 깊은 우물의 물을 길어 낙서를 깨끗이 지웠다.

　　"아, 다 지웠다."

　　그런데, 참 이상한 일이 생겼다. 다음날 아침에 나와 보니 내가 말끔히 지운 낙서들이 다시 되살아나 있었던 것이다.

　　어제 내가 깨끗이 지우지 않았다는 생각이 들었다. 이번에는 우물물을 길어서 좀 더 정성을 다하여 지웠다. 그리고 어머니께 검사도 받았다. 다음 날 아침 누군가 또 똑같이 낙서를 해 놓았다. 참 이상한 일이었다. 이번에는 다시 지우고 누가 또 낙서를 하는지 지켜보기로 했다.

다음 채점 기준을 참고하여 답안을 작성하여 보시오.

영역	문제	채점 기준	배점	내 점수
듣기 말하기 쓰기	1-2	·사건 사이의 관계가 자연스럽고 인과관계가 잘 드러나며 인물의 말과 행동이 사건을 잘 진행시키고 있다.	5	
		·사건 사이의 관계가 자연스럽지 못하거나 인물, 사건, 배경이 이야기와 잘 어울리지 않는 부분이 있다.	3	
		·사건 사이의 관계가 자연스럽지 못하고 인물, 사건, 배경의 구성 요소가 이야기 형성에 부조합적이다.	1	

● 이야기 속의 사건을 진행하는 것은 인물의 말과 행동이다.

● 앞의 내용과 연결되어 사건이 만들어져야 하고 사건 사이에 인과관계를 형성하며 엉뚱한 사건이 만들어지지 않도록 한다.

● 새로운 인물이 등장할 수 있으며 시간적·공간적 배경의 변화도 생각하면서 사건을 만들어 가도록 한다.

● 단순히 사건을 쓰는 것이 아니라 이야기의 배경 속에서 인물이 등장하여 사건이 진행되도록 장면을 구체적이고 자세하게 쓰도록 한다.

◯ 다음 시를 읽고 물음에 답하시오.

가랑잎

김정일

가랑잎은
귀도 참 밝다.
바람이 조금만
스쳐 지나가도
바시락 소리를 낸다.

가랑잎은
눈도 참 밝다.
바람이 살짝
지나가도
또르르 따라간다.

문제 1 위의 시에서 인상적인 부분을 찾아 적어 보시오.

_____

_____

_____

문제 2 인상적인 부분이 무엇을 표현하고 있다고 생각합니까?

_____

_____

_____

다음 채점 기준을 참고하여 답안을 작성하여 보시오.

영역	문제	채점 기준	배점	내 점수
읽기	1-2	·비유적인 부분이 무엇을 표현하고 있는지 파악하고 있고 인상적인 부분의 효과에 대하여 알고 있다.	5	
		·비유적인 부분이 무엇을 표현하고 있는지 파악하지 못하거나 인상적인 부분의 효과에 대하여 말하지 못한다.	3	
		·비유적인 부분이 무엇을 표현하고 있는지 파악하지 못하고 있고 인상적인 부분의 효과에 대하여도 말하지 못한다.	1	

◉ 인상적인 부분을 말하는 활동은 학생에 따라 다음을 인정한다.

◉ 인상적인 부분은 비유, 의성어, 의태어뿐만 아니라 개인의 경험에 의거하여 찾은 부분까지도 인정할 수 있다. 따라서 인상적이라고 생각한 까닭을 말하는 것이 중요하다.

문제 1 다음 중에서 하나를 골라 기사문을 써 보시오.

- 마을신문에 들어갈 알맞은 기삿거리를 정하여 기사문을 써 보자.
- 학교신문에 들어갈 알맞은 기삿거리를 정하여 기사문을 써 보자.

주의사항

① 마을신문(학교신문)에 알맞은 내용으로 주제를 정한다.
② 다른 사람에게 정확한 정보를 제공하기 위하여 조사한 자료를 바탕으로 하여
    사실대로 기사문을 쓴다.
③ 간결하고 체계적으로 문장을 쓴다.

다음 채점 기준을 참고하여 답안을 작성하여 보시오.

영역	문제	채점 기준	배점	내 점수
듣기 말하기 쓰기	1	·가치 있는 기삿거리를 정하여 문장을 체계적으로 간결하게 썼으며 조사한 자료를 바르게 활용하였다.	5	
		·문장을 체계적으로 간결하게 쓰지 못했거나 조사한 자료를 바르게 활용하지 못하였다.	3	
		·문장을 체계적으로 간결하게 쓰지 못했고 조사한 자료를 바르게 활용하지 못하였다.	1	

◉ 기삿거리 선정, 기사문의 조건, 자료 활용 방법 등을 충분히 알고 그 지식을 바탕으로 하여 기사문을 쓴다.

◉ 단원의 언어사용 목적이 정보 전달이므로 정보 전달의 목적을 분명히 한다.

◯ 다음 글을 읽고 물음에 답하여 보시오.

　　6·25 전쟁이 일어났을 당시에 한 미국인 병사가 강원도 깊은 산골짜기로 후퇴를 하고 있었는데 어디선가 이상한 소리가 들려왔다. 후퇴를 하던 미국인 병사가 가만히 귀를 기울여 보니 그것은 어린아이의 울음소리였고 그 울음소리를 따라가 보았더니 그 울음소리는 눈구덩이 속에서 들리는 것이었다. 아이를 살리기 위해서 눈을 열심히 치우던 미국인 병사는 소스라치게 놀라고 말았다. 아이가 살아 있는 것도 놀라웠지만 더 놀란 것은 흰 눈 속에 파묻혀 있는 어머니가 옷을 하나도 걸치지 않았다는 사실이었다.

　　피란을 가던 어머니가 깊은 골짜기에 갇히게 되자 아이를 살리기 위하여 자기가 입고 있던 옷을 모두 벗어 아이를 감싸고는 허리를 구부려 아이를 끌어안은 채 얼어 죽고 만 것이었다. 그 모습에 감동한 미군 병사는 후퇴하던 것을 멈추고 언 땅을 파 어머니를 묻고 어머니 품에서 울어대던 갓난아기를 미국으로 데리고 가 그동안 자기의 아들로 키웠다.

　　그 아이가 자라 청년이 되자 미국인 아버지는 한국에서 데려다 키운 아들에게 지난날에 있었던 일을 자세히 이야기하였다. 그리고 그때 언 땅에 묻었던 청년의 어머니 산소를 찾아 한국으로 왔다.

　　아들은 뜨거운 눈물을 흘리며 눈이 수북이 쌓인 무덤 앞에 무릎을 꿇었다. 처음에는 흐느끼던 울음이 이내 통곡으로 바뀌었다. 미국인 아버지는 아들의 슬픔을 존중해 주기라도 하듯 그대로 울게 내버려 두었다.

　　한참을 슬프게 울던 아들은 자리에서 일어났다. 그러더니 자신이 입고 있던 옷을 하나씩 하나씩 벗기 시작하는 것이었다. 마침내 그는 알몸이 되었고 아들은 자신을 낳은 어머니 무덤 위에 쌓인 눈을 정성스레 덮어 가기 시작하였다. 마치 어머니께 옷을 입혀 드리듯 청년은 어머니의 무덤을 모두 자기 옷으로 덮었다. 그러고는 무덤 위에 쓰러져 다시 통곡을 하며 절규하듯 소리쳤다.

　　"어머니, 그날 얼마나 추우셨어요! 어머니!"

_출처 : 남신우 칼럼, "어느 미군 병사의 이야기"

문제 1 아들이 어머니의 무덤을 찾아오기까지의 과정을 정리하여 보시오.

문제 2 어머니가 발가벗은 채 죽게 된 원인과 결과를 정리하여 보시오.

다음 채점 기준을 참고하여 답안을 작성하여 보시오.

영역	문제	채점 기준	배점	내 점수
읽기	1-2	·중요한 사건을 중심으로 전개 과정을 정리하였으며 사건에 대한 원인과 결과를 바르게 파악하였다.	5	
		·중요한 사건을 중심으로 전개 과정을 정리하지 못하였거나 사건에 대한 원인과 결과를 바르게 파악하지 못하였다.	3	
		·중요한 사건을 중심으로 전개 과정을 정리하지 못하였고 사건에 대한 원인과 결과를 바르게 파악하지 못하였다.	1	

◎ 중요한 사건을 중심으로 사건의 전개 과정을 정리한다.

◎ 아기를 위해 자신의 목숨을 버린 사건을 중심으로 성장한 아들이 어머니께 가지는 마음을 헤아려 본다.

문제 1 민수네 반에서는 심청전을 읽고 '심청이는 효녀인가'라는 주제로 토론을 벌였다. 내가 민수네 반 아이라면 나는 어떤 주장을 할 것인지 생각해 보고 발표할 내용을 정리해 보시오.

토론 주제 : 심청이는 아버지가 눈을 뜨게 하기 위해 아버지 몰래 공양미 삼백 석과 자기 목숨을 바꾸었다. 이런 행동을 한 심청이는 과연 효녀인가?

다음 채점 기준을 참고하여 답안을 작성하여 보시오.

영역	문제	채점 기준	배점	내 점수
듣기 말하기 쓰기	1	·논제에 대한 자료수집과 분석을 잘 하였고 적절한 근거를 들어 자기주장을 하였다.	5	
		·논제에 대한 자료수집과 분석을 잘 하였으나 적절한 근거를 들어 자기주장을 하는 부분이 미흡했다.	3	
		·논제에 대한 자료수집과 분석을 잘 하지 못하였고 적절한 근거를 들어 자기주장을 하는 부분이 미흡했다.	1	

● 토론 논제에 대한 분석을 철저히 하고 자기 입장을 정한 다음 적절한 근거를 들어 자기주장을 펴도록 한다.

💬 다음 광고를 보고 광고의 의도와 신뢰성에 대해 비판적으로 평가해 보시오.

문제 1 광고를 만든 곳은 어디인가?

문제 2 광고의 의도는 무엇인가?

문제 3 광고에서 거짓되거나 과장된 표현은 무엇인가?

다음 채점 기준을 참고하여 답안을 작성하여 보시오.

영역	문제	채점 기준	배점	내 점수
읽기	1-3	·광고를 보고 의도를 파악하고 거짓되거나 과장된 표현을 찾을 줄 알고 비판적으로 읽고 설명할 줄 안다.	5	
		·광고를 보고 의도를 파악하지 못하거나 비판적으로 읽고 설명하는 능력이 미흡하다.	3	
		·광고를 보고 의도를 파악하지 못하고 비판적으로 읽고 설명하는 능력이 미흡하다.	1	

◎ 광고의 그림, 글, 만든 곳을 종합적으로 고려하여 의도를 파악하도록 한다.

◎ 글뿐만 아니라 그림(사진)에서도 거짓되거나 과장된 표현이 있는지 찾도록 한다.

◎ 그렇게 생각한 까닭을 논리적으로 설명할 수 있도록 한다.

○ 다음 사과하는 글을 읽고 물음에 답하여 보시오.

　　수경아, 나 채홍이야.

　　오늘 체육 시간에 너하고 짝하지 않아서 화났니? 처음에 나도 너하고 짝하려고 했었는데 정연이가 자기하고 짝을 하자고 해서 나도 어쩔 수 없었어. 내가 먼저 그런 게 아니야. 그런데 너는 나한테 괜히 화내면서 공도 안주고 너무하더라. 너한테 조금 섭섭하긴 했지만 네 마음을 이해하니까 이렇게 편지를 쓰는 거야.

　　너를 화나게 해서 아무튼 미안해, 사과할게. 다음 체육 시간에 너하고 짝하면 되지? 이제 그만 화 풀어.

문제 1 수경이가 채홍이에게 화가 난 이유는 무엇인가?

문제 2 편지를 받은 수경이의 마음이 어떠할지 생각하여 보시오.

문제 3 수경이가 되어 채홍이에게 사과의 내용이 담긴 답장을 써 보시오.

 다음 채점 기준을 참고하여 답안을 작성하여 보시오.

영역	문제	채점 기준	배점	내 점수
듣기 말하기 쓰기	1-3	·상대방의 마음을 헤아려서 사과하는 글에 들어가야 할 내용을 구체적으로 알고 진심이 느껴지게 글을 썼다.	5	
		·사과하는 글을 썼으나 들어가야 할 내용이 구체적이지 않거나 진심이 느껴지지 않게 글을 썼다.	3	
		·사과하는 글을 썼으나 들어가야 할 내용이 구체적이지 않고 진심이 느껴지지 않게 글을 썼다.	1	

● 사과하는 글의 형식보다는 진심이 담긴 내용에 초점을 둔다.

● 편지글 이외에 쪽지, 시, 반성문 등 다양한 형식의 글도 시도해 본다.

21. 서평을 찾아 읽고 그 책이 나에게 필요한지 말하기 [2학기] 4. 이럴 때는 이렇게

문제 1 평소 읽고 싶었던 책의 서평을 찾아 읽고 그 책을 읽을 것인지 결정하여 보시오.

읽고 싶은 책은 무엇인가?	
읽고 싶은 책에 대한 서평을 찾아 붙여 보자.	서평 1. 서평 2.
이 책을 읽기로 하였는가?	
그 까닭은 무엇인가?	

다음 채점 기준을 참고하여 답안을 작성하여 보시오.

영역	문제	채점 기준	배점	내 점수
읽기	1	·서평을 찾아 읽고 자신의 읽기 목적이나 상황 등을 고려하여 그 책을 타당하고 합리적으로 선택할 수 있다.	5	
		·서평을 찾아 읽고 책의 내용이나 책의 가치를 짐작하지 못하거나 나의 읽기 목적에 맞게 합리적으로 선택할 수 있는 능력이 미흡하다.	3	
		·서평을 찾아 읽고 책의 내용이나 책의 가치를 짐작하지 못하고 나의 읽기 목적에 맞게 합리적으로 선택할 수 있는 능력이 미흡하다.	1	

◉ 서평은 주로 책을 판매하는 인터넷 서점의 누리집이나 "서평문화"(한국간행물윤리위원회에서 발행하는 서평 전문 계간지), 또는 여러 출판사에서 자체적으로 발행하는 계간지 등에 실려 있다.

◉ 서평 하나를 찾아 읽고 그 책에 대한 평가를 하기는 어렵기 때문에 서평은 최소한 두 개 이상을 찾도록 한다.

문제 1 전교 어린이 부회장 후보로 나가게 되었다. 선거 후보자 연설을 하게 될 때 어떻게 발표할지 알맞은 자료를 활용하여 연설문을 만들어 보시오.

발표 내용	활용할 자료

다음 채점 기준을 참고하여 답안을 작성하여 보시오.

영역	문제	채점 기준	배점	내 점수
듣기 말하기 쓰기	1	·발표 내용에 알맞은 자료를 수집하여 적절히 활용하는 방법을 알고 있다.	5	
		·발표 내용에 알맞은 자료를 수집하여 적절히 활용하는 방법을 잘 모른다.	3	
		·발표 내용에 알맞은 자료를 수집하여 적절히 활용하는 방법을 모른다.	1	

◉ 다른 사람의 발표문을 수집하고 전교 부회장이 무엇을 해야 하는지, 친구들이 원하는 전교 부회장은 어떤 인물인지 조사한 다음 자료를 바탕으로 작성한다.

○ 다음 글을 읽고 인물의 성격에 따라 이야기가 어떻게 전개될지 뒷부분을 상상하여 써 보시오.

까마귀 형제

　까마귀 형제가 한 둥지에서 살고 있었다. 어느 날 둥지에 구멍이 뚫리자 형 까마귀는 '동생이 수리를 하겠지.' 하고 생각하고 동생 까마귀는 '형이 수리하겠지.' 하고 생각하였다. 그러다 보니 까마귀 형제 중 그 누구도 둥지에 손을 대지 않았다. 그리하여 구멍은 점점 더 커져 갔다.

　그러는 동안 바람이 휘몰아치고 큰 눈이 펑펑 쏟아지는 한겨울이 닥쳐왔다. 까마귀 형제는 구멍 뚫린 둥지 안에 몸을 잔뜩 웅크리고 앉아서 부들부들 떨며 연방 춥다고 말만 하였다.

　그러면서도 형 까마귀는 여전히 '날씨가 이렇게 추우니 동생이 견디지 못하고 수리하겠지?' 하고 생각했고, 동생 까마귀도 '날씨가 이렇게 추운데 형이 견뎌낼 수 있을까? 이번엔 꼭 수리할 거야.' 하고 생각하며 저마다 몸만 더욱 웅크릴 뿐 아무도 둥지를 수리할 생각을 하지 않았다.

　이윽고 바람은 더욱더 세차게 불어오고 눈도 더욱더 많이 내렸다.

_살아가는 날들의 지혜, 여명출판사

문제 1 위 글에서 까마귀 형제는 구멍 뚫린 둥지를 보고 서로 어떤 생각을 하였는가?

_____

_____

_____

_____

문제 2 인물의 성격을 나타내는 말이나 행동을 쓰고 그로부터 알 수 있는 인물의 성격을 쓰시오.

인물	인물의 말이나 행동	인물의 성격
까마귀 형제	☁	☁
	☁	☁
	☁	☁
	☁	☁
	☁	☁

문제 3 인물의 성격을 생각하며 이어지는 이야기 내용을 꾸며 써 보시오.

다음 채점 기준을 참고하여 답안을 작성하여 보시오.

영역	문제	채점 기준	배점	내 점수
읽기	1-3	·인물의 성격과 사건 전개의 관계를 잘 파악하고 이야기의 내용을 자연스럽게 꾸며 썼다.	5	
		·인물의 성격과 사건 전개의 관계를 잘 파악하지 못했거나 꾸며 쓴 이야기의 내용이 부자연스럽다.	3	
		·인물의 성격과 사건 전개의 관계를 잘 파악하지 못하였고 꾸며 쓴 이야기의 내용이 부자연스럽다.	1	

◉ 이야기 속 인물의 성격을 먼저 파악하도록 한다.

◉ 인물의 성격에 따라 이야기의 전개가 달라짐을 서로 비교하며 사건의 인과관계를 파악하도록 한다.

문제 1 우리 주변에서 문제점을 찾아 그것을 해결할 수 있는 방안을 글로 써 보시오. 문제가 되는 이유를 세 가지 이상 쓰고 해결 방안도 다양하게 제시하여 보시오.

다음 채점 기준을 참고하여 답안을 작성하여 보시오.

영역	문제	채점 기준	배점	내 점수
듣기 말하기 쓰기	1	·글의 조직이 짜임새 있고 주어진 의견에 대한 자신의 의견과 근거가 분명하며 글의 표현이 바르고 적절하다.	5	
		·주어진 의견에 대한 자신의 의견과 근거가 분명하지 못하거나 글의 표현이 적절하지 못하다.	3	
		·글의 조직이 짜임새가 없거나 주어진 의견에 대한 자신의 의견과 근거가 분명하지 못하다.	1	

◉ 의견에 대한 까닭과 근거가 적절하며 논리적인지가 가장 중요한 평가 기준이다.

◉ 글 전체의 완성도를 중요시하고 의견의 과정을 통하여 사고가 진행되는 과정도 평가된다.

💬 **다음 이야기를 읽고 물음에 답하여 보시오.**

간디는 '인도인의 선거권'이라는 제목이 달린 기사에서 나탈의 국회의원들이 인도인의 선거권을 빼앗는 법률을 만들기 위하여 움직이고 있다는 것을 알게 되었다.

"이 법안이 의회에서 통과되어서는 안 됩니다. 이 법은 우리의 자존심을 짓밟을 뿐만 아니라 인도인들을 관에 넣어 못질하는 것과 같습니다."

간디는 흥분하여 모임에 참석한 사람들에게 외쳤다.

"여러분은 이대로 참아서는 안 됩니다. 투표권을 빼앗긴다는 것은 국민의 권리를 빼앗기는 것입니다. 이 법안이 통과되지 않도록 막아야 합니다. 여러분, 이제 우리가 어떻게 해야 할까요?"

간디는 법안 통과를 막기 위한 청원서를 만들고 사람들의 서명을 받았다. 남아프리카 신문들은 이 소식을 크게 다루었지만, 나탈 의회는 서둘러 법안을 통과시켰다. 간디는 굴하지 않고 이번에는 탄원서를 보내기로 하였다. 긴 탄원서를 쓰고 만 명의 서명을 받아서 제출하였다. 또, 탄원서의 복사본 1천 통을 인도와 영국과 남아프리카 각 지역 신문사를 비롯한 요소요소에 발송하였다. 인도에서는 처음으로 나탈의 실정을 알게 되었고 인도와 영국의 주요 신문들이 간디의 요구를 지지하였다.

_출처 : 한상남(2007), "간디-마하트마 인도를 밝힌 위대한 영혼", 웅진씽크하우스

문제 1 이 글에서 간디가 우려하는 것은 무엇이었는가?

_____

_____

문제 2 간디의 가치관을 알 수 있는 부분을 찾아 한 문장으로 써 보시오.

_____

_____

문제 3 간디의 행동과 가치관에 대한 나의 생각을 적어 보시오.

 다음 채점 기준을 참고하여 답안을 작성하여 보시오.

영역	문제	채점 기준	배점	내 점수
읽기	1-3	·인물의 삶과 시대 상황의 관계를 알고 전기문에 나타난 인물의 가치관을 파악하였다.	5	
		·인물의 삶과 시대 상황의 관계 혹은 전기문에 나타난 인물의 가치관 파악이 미흡하다.	3	
		·인물의 삶과 시대 상황의 관계 파악과 전기문에 나타난 인물의 가치관 파악이 미흡하다.	1	

고득점 **Tip**

● 전기문에 나타난 시대 상황과 인물의 가치관은 인물의 말과 행동에 잘 나타나 있다.

문제 1 다음 대본을 읽고 ( )와 ☐ 안에 안에 알맞은 지문과 해설을 넣어서 재미 있는 연극 대본을 만들어 보시오.

> 다연 : (우유 상자를 교실로 들여놓고 자리로 오다가 하님이가 끼고 있는 반지를 본다.)
>
>   하님아, 이거 어디서 났니? 못 보던 건데…….
>
> 하님 : (①   ) 으응, 이거? 예쁘지?
>
> 다연 : 내가 아침에 잃어버린 거랑 똑같네. 이거 어디서 났어?
>
> 하님 : (②   ) 어디서 나기는. 내 생일 선물로 받은 거야.
>
> 다연 : (③   ) 응, 그랬구나.
>
> 하님 : (④   ) 다연이 거였구나. 이걸 어떻게 하지?

⑤

> 다연 : (⑥   ) 어? 내 반지. 잃어버린 줄 알았는데…….

⑦

> 다연 : (⑧   ) 하님아, 네 반지 좀 보자. 어쩜 우린 똑같은 반지를 샀을까? 우린 통하는 게 있나봐.
>
> 하님 : (⑨   ) 너 반지 잃어버렸다며 어디서 났어? 그래 내 반지랑 똑같구나. 그런데 난 청소하려고 반지를 가방에 넣어 두었어. 청소하고 보여 줄게.

⑩

다음 채점 기준을 참고하여 답안을 작성하여 보시오.

영역	문제	채점 기준	배점	내 점수
듣기 말하기 쓰기	1	·대본의 요소(해설, 지문, 대사)를 적절하게 활용하였고 등장인물의 성격이 잘 나타났다.	5	
		·대본의 요소(해설, 지문, 대사)를 적절하게 활용하지 못하였거나 등장인물의 성격이 잘 나타나지 않았다.	3	
		·대본의 요소(해설, 지문, 대사)를 적절하게 활용하지 못하였고 등장인물의 성격이 잘 나타나지 않았다.	1	

◉ 촌극의 특성에 알맞게 대본을 작성할 수 있도록 한다.

◉ 일상적 경험이나 시사적 소재를 활용하여 대본을 쓸 수 있음을 알도록 한다.

◉ 지문은 등장인물의 행동, 표정, 몸짓, 마음 그리고 분위기, 장면 등을 지시하는 부분이고, 대사는 등장인물들이 주고받는 말로 글의 중심이 되는 부분이며, 사건을 전개하고 등장인물의 성격을 드러낸다.

mathematics

수학

5학년 수학

01. 배수 놀이하기

○ 다음 그림에서 인수가 말한 수에도 포함되고 수진이가 말한 수에도 포함되는 수가 모두 몇 개인지를 쓰고, 구한 방법을 자세히 설명하시오.

문제 1 두 사람이 말한 수에 모두 포함되는 수를 쓰시오.

문제 2 구한 방법을 설명해 보시오.

 다음 채점 기준을 참고하여 답안을 작성하여 봅시다.

영역	문제	채점 기준	배점	내 점수
수와 연산	1	·배수 3개가 모두 맞았다.	3	
		·배수 2개가 맞았다.	2	
		·배수 1개가 맞았다.	1	
	2	·4와 7의 최소공배수에 대해 언급하고 식이 맞았다.	5	
		·4와 7의 최소공배수에 대해 언급하였다.	3	
		·4와 7의 최소공배수에 대해 언급없이 식만 맞았다.	1	

◉ 4의 배수와 7의 배수를 구하여 본다.

문제 1 운동장을 한 바퀴 도는데 혜영이는 48초, 만기는 30초가 걸린다고 한다. 두 사람이 동시에 같은 곳에서 출발하여 쉬지 않고 같은 방향으로 운동장를 돈다고 할 때, 두 사람이 세 번째로 출발선에서 만나게 되는 것은 몇 분 후인지 답을 구하여 보고 구한 방법을 설명해 보시오.(단, 처음 출발할 때를 첫 번째로 생각한다.)

🖛 답 :

🖛 방법 :

다음 채점 기준을 참고하여 답안을 작성하여 봅시다.

영역	문제	채점 기준	배점	내 점수
수와 연산	1	·최소공배수의 원리를 알고 시간을 구할 수 있으며, 구하는 방법을 설명하였다.	5	
		·최소공배수의 원리를 알고 시간을 구할 수 있지만 구하는 방법을 설명하지 못한다.	3	
		·최소공배수의 원리를 응용하여 시간을 구하지 못하고 구하는 방법도 설명하지 못하고 답만 맞았다.	1	

◉ 셋째 번으로 출발선에서 만나게 되므로 3번이라고 생각하지 않도록 한다.

◉ 두 사람이 동시에 출발하여 다시 만나는 데 걸리는 시간(최소공배수)을 구한다.

💬 다음 주어진 수의 배수와 약수를 나타낸 것이다.

$$8 \times 7 = 56 \quad \Rightarrow \quad \begin{cases} 56 \div 7 = 8 \\ 56 \div 8 = 7 \end{cases}$$

문제 1 56은 7과 8의   이고, 7과 8은 56의   이다.

문제 2 배수와 약수의 관계를 설명하시오.

 다음 채점 기준을 참고하여 답안을 작성하여 봅시다.

영역	문제	채점 기준	배점	내 점수
수와 연산	1	·2가지 다 정확히 썼다.	2	
		·1가지만 정확히 썼다.	1	
	2	·배수와 약수의 관계를 이해하고, 배수와 약수의 관계를 잘 설명하였다.	3	
		·배수와 약수의 관계를 이해하지만, 배수와 약수와의 관계를 설명하지 못하였다.	2	
		·배수와 약수의 관계를 이해하지 못하고, 배수와 약수의 관계도 설명하지 못하였다.	1	

고득점 **Tip**

✹ 배수와 약수의 정의를 생각한다.

명선이와 화순이 그리고 혜영이는 똑같은 동화책을 읽기 시작하였다. 명선이는 동화책의 $\frac{4}{7}$를 읽었고, 화순이는 $\frac{4}{9}$를 읽었고, 혜영이는 $\frac{7}{9}$을 읽었다고 할 때, 다음 물음에 알맞게 답하시오.

문제 1 명선이와 화순이가 읽은 양을 비교하면 누가 더 많이 읽었다고 생각하는가? 그렇게 생각한 이유도 말하시오.

(1) 더 많이 읽은 사람 :

(2) 그렇게 생각한 이유 :

문제 2 화순이와 혜영이가 읽은 양을 비교하면 누가 더 많이 읽었다고 생각하나요? 그렇게 생각한 이유도 말하시오.

(1) 더 많이 읽은 사람 :

(2) 그렇게 생각한 이유 :

다음 채점 기준을 참고하여 답안을 작성하여 봅시다.

영역	문제	채점 기준	배점	내 점수
수와 연산	1	·사람과 이유를 정확히 썼다.	5	
		·이유만 정확히 썼다.	3	
		·사람만 정확히 썼다.	1	
	2	·사람과 이유를 정확히 썼다.	5	
		·이유만 정확히 썼다.	3	
		·사람만 정확히 썼다.	1	

❀ 통분하여 분모의 크기를 같게 하고 분자를 비교한다.

💬 **다음 대화를 읽고 물음에 답하시오.**

세 명의 친구들이 각자 똑같은 주스를 마시고 있다.

둔수 : 나는 주스를 $\frac{5}{8}\ell$ 마셨어. 병수야! 너는 얼마나 마셨니?

병수 : 난 $\frac{1}{2}\ell$ 마셨어.

남수 : 그래? 나는 $\frac{3}{5}\ell$ 마셨는데.

문제 1 누가 주스를 가장 많이 마셨는가?

문제 2 문제 1과 같이 답한 이유를 설명하시오.

다음 채점 기준을 참고하여 답안을 작성하여 봅시다.

영역	문제	채점 기준	배점	내 점수
수와 연산	1	·둔수	2	
	2	·통분 또는 소수를 사용하여 이유를 설명하였다.	3	
		·통분 또는 소수를 사용하여 이유를 설명하였으나 계산이 정확하지 못하였다.	2	
		·통분 또는 소수를 사용하여 이유를 설명하지 않고 계산만 정확하였다.	1	

◉ 통분 또는 소수로 변환하여 비교해 본다.

○ 종철이네 학교에서는 환경보호를 위하여 폐건전지 모으기를 하였다. 학년별로 폐건전지의 무게를 달아보니 아래 표와 같았다. 물음에 알맞게 답하시오.

학년	1	2	3	4	5	6
폐건전지 무게	$2\frac{2}{3}$ kg	$2\frac{4}{5}$ kg	$3\frac{3}{5}$ kg	$3\frac{1}{5}$ kg	$7\frac{3}{5}$ kg	$9\frac{5}{8}$ kg

문제 1 1학년, 2학년이 모은 폐건전지는 모두 몇 kg인가? 식을 세워 풀이 과정과 답을 쓰시오.

🖐 풀이 과정 :

🖐 답 :

문제 2 6학년이 모은 폐건전지는 5학년이 모은 폐건전지보다 얼마나 더 무거운가? 식을 세워 풀이 과정과 답을 쓰시오.

🖐 풀이 과정 :

🖐 답 :

다음 채점 기준을 참고하여 답안을 작성하여 봅시다.

영역	문제	채점 기준	배점	내 점수
수와 연산	1	·문제의 풀이 과정과 답이 모두 적당하다.	5	
		·문제의 풀이 과정이 적당하다.	3	
		·문제의 답만 적당하다.	1	
	2	·문제의 풀이 과정과 답이 모두 적당하다.	5	
		·문제의 풀이 과정이 적당하다.	3	
		·문제의 답만 적당하다.	1	

🔹 분수의 덧셈과 뺄셈 활용 및 통분을 이용한다.

◯ 다음 물음에 답하시오.

영수는 어제 $1\frac{1}{3}$ 시간 동안 국어 공부를 하였고, 50분 동안 수학 공부를, 1시간 25분 동안 과학 공부를 하였다. 영수가 어제 공부한 시간은 모두 몇 시간인가?

문제 1 구하고자 하는 것은 무엇인가?

문제 2 주어진 조건은 무엇인가?

문제 3 50분, 25분은 각각 분수로 몇 시간인가?

문제 4 문제를 해결하기 위한 식을 세워 보아라.

문제 5 답을 구하라.

시간

 다음 채점 기준을 참고하여 답안을 작성하여 봅시다.

영역	문제	채점 기준	배점	내 점수
수와 연산	1~5	·5가지 맞았다.	5	
		·4가지 맞았다.	4	
		·3가지 맞았다.	3	
		·2가지 맞았다.	2	
		·1가지 맞았다.	1	

❀ 분모가 다른 분수의 덧셈과 뺄셈 계산을 생각한다.

문제 1 청수네 밭의 $\frac{7}{10}$에는 고구마를 심었고, 나머지에는 콩을 심었다. 밭의 넓이가 300m²라면, 콩을 심은 밭의 넓이는 몇 m²인지 풀이 과정과 답을 쓰시오.

👉 풀이 과정 :

👉 답 :

다음 채점 기준을 참고하여 답안을 작성하여 봅시다.

영역	문제	채점 기준	배점	내 점수
수와 연산	1	·식과 답이 이상 없이 맞았다.	5	
		·식만 맞았다.	3	
		·답만 맞았다.	1	

● 진분수끼리의 곱셈 계산과 이해를 한다.

문제 1 다음 수직선을 보고 □안에 알맞은 수를 쓰고 그렇게 계산한 이유를 쓰시오.

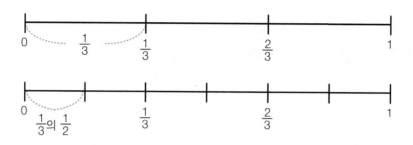

$$\frac{1}{3} \times \frac{1}{2} = \frac{1}{3 \times \square} = \frac{1}{\square}$$

 이유 :

👉 답 :

 다음 채점 기준을 참고하여 답안을 작성하여 봅시다.

영역	문제	채점 기준	배점	내 점수
수와 연산	1	·식과 답이 이상 없이 맞았다.	5	
		·식만 맞았다.	3	
		·답만 맞았다.	1	

고득점 Tip

❂ 분수의 곱셈 방법을 생각한다.

💬 다음과 같은 조건에서 삼각형을 그릴 수 있는지 확인하고, 그릴 수 없으면 그 이유를 쓰시오.

문제 1 세 변의 길이가 4cm, 7cm, 12cm인 삼각형

그릴 수(있다, 없다)	
이유	

문제 2 한 변의 길이가 10cm이고, 양 끝각의 크기가 각각 90°인 삼각형

그릴 수(있다, 없다)	
이유	

 다음 채점 기준을 참고하여 답안을 작성하여 봅시다.

영역	문제	채점 기준	배점	내 점수
도형	1-2	·2가지 답과 이유가 맞았다.	5	
		·2가지 이유만 맞았다.	4	
		·1가지 이유만 맞았다.	2	
		·답만 맞았다.	1	

고득점 **Tip**

🔘 삼각형의 조건을 생각한다.

문제 1 다음 삼각형을 크기와 모양이 같도록 아래 그림 (2)처럼 똑같이 나누어 보시오.

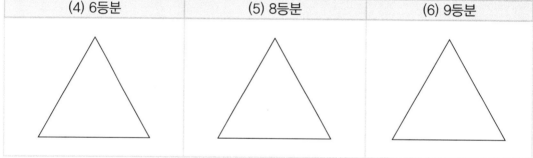

| (1) 2등분 | (2) 3등분 | (3) 4등분 |
| (4) 6등분 | (5) 8등분 | (6) 9등분 |

 다음 채점 기준을 참고하여 답안을 작성하여 봅시다.

영역	문제	채점 기준	배점	내 점수
도형	1	· 5개를 바르게 찾았다.	10	
		· 4개를 바르게 찾았다.	8	
		· 3개를 바르게 찾았다.	6	
		· 2개를 바르게 찾았다.	4	
		· 1개를 바르게 찾았다.	2	

◉ 같은 크기로 쪼개는 것을 생각한다.

○ 다음 도형을 보고 물음에 그리시오.

문제 1 다음 왼쪽 모양과 합동이 되게 답하시오.

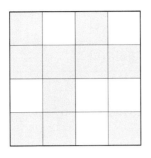 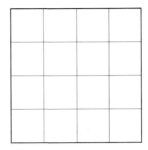

문제 2 다음 사각형과 합동인 도형을 그리시오.

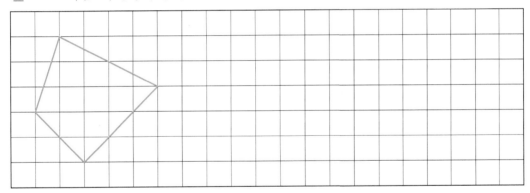

문제 3 합동인 삼각형을 그리는데 필요한 조건을 3가지 설명하시오.

○

○

○

다음 채점 기준을 참고하여 답안을 작성하여 봅시다.

영역	문제	채점 기준	배점	내 점수
도형	1	·합동인 도형이 되게 색칠하였다.	1	
	2	·합동인 도형이 되게 그렸다.	1	
	3	·삼각형의 합동 조건을 3가지 설명하였다.	3	
		·삼각형의 합동 조건을 2가지 설명하였다.	2	
		·삼각형의 합동 조건을 1가지 설명하였다.	1	

● 합동인 도형의 성질을 생각한다.

💬 **다음의 직육면체를 보고 물음에 답하여라.**

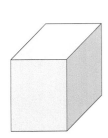

문제 1 직육면체의 모양을 잘 알 수 있도록 하기 위해 평행인

모서리는 _____ 이 되게 그리고, 보이는 모서리는

_____ 으로, 보이지 않는 모서리는

_____ 으로 나타낸 그림을 직육면체의 _____ 라고 한다.

문제 2 다음 직육면체의 겨냥도에서 잘못된 부분을 고치고, 그 이유를 말하여라.

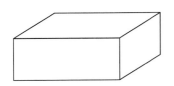

👎 이유

_____

_____

_____

👨‍🎓 **다음 채점 기준을 참고하여 답안을 작성하여 봅시다.**

영역	문제	채점 기준	배점	내 점수
도형	1	·4가지 모두 정확하게 나타내었다.	4	
		·3가지 정확하게 나타내었다.	3	
		·2가지 정확하게 나타내었다.	2	
		·1가지 정확하게 나타내었다.	1	
	2	·바르게 고치고 이유를 정확하게 나타낸 경우	2	
		·바르게 고치거나 이유를 정확하게 나타낸 경우	1	

● 직육면체의 겨냥도를 생각한다.

문제 1 다음 전개도에서 서로 평행인 두면의 눈의 합이 7이 되도록 전개도의 빈 칸에 점 (•)을 그려 보시오.

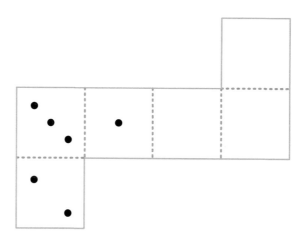

 다음 채점 기준을 참고하여 답안을 작성하여 봅시다.

영역	문제	채점 기준	배점	내 점수
도형	1	·눈의 수의 합이 7이 되도록 3개를 찾아 그렸다.	5	
		·눈의 수의 합이 7이 되도록 2개를 찾아 그렸다.	3	
		·눈의 수의 합이 7이 되도록 1개를 찾아 그렸다.	1	

◉ 평행인 면을 먼저 생각한다.

○ 다음 평행사변에서 색칠한 부분의 넓이가 15cm²이다. 물음에 답하시오.

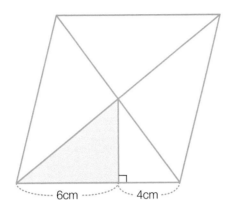

6cm ⋯⋯ 4cm

문제 1 평행사변형의 높이를 구하는 풀이 과정을 설명하고 답을 쓰시오.

👉 풀이 과정 :

👉 답 :

문제 2 평행사변형의 넓이를 구하는 풀이 과정을 설명하고 답을 쓰시오.

👉 풀이 과정 :

👉 답 :

다음 채점 기준을 참고하여 답안을 작성하여 봅시다.

영역	문제	채점 기준	배점	내 점수
측정	1	·풀이 과정과 답이 맞다.	3	
		·풀이 과정과 답 중 하나가 맞다.	1	
	2	·풀이 과정과 답이 맞다.	2	
		·풀이 과정과 답 중 하나가 맞다.	1	

❄ 삼각형의 높이를 먼저 생각한다.

○ 다음 도형의 넓이를 구하는 과정에서 필요한 선분을 추가로 그어보고 방법을 설명한 다음 식을 세워 풀이 과정과 함께 답을 써 보시오.

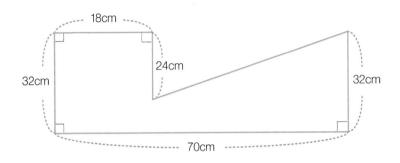

문제 1 넓이 구하는 방법 설명

_____

_____

_____

문제 2 풀이 과정

_____

_____

_____

문제 3 색칠한 부분의 넓이

_____

_____

_____

다음 채점 기준을 참고하여 답안을 작성하여 봅시다.

영역	문제	채점 기준	배점	내 점수
측정	1-3	·3가지 정확하게 나타낸 경우	5	
		·2가지 정확하게 나타낸 경우	3	
		·1가지 정확하게 나타낸 경우	1	

◉ 삼각형을 만드는 가상의 선을 생각한다.

문제 1 넓이를 알맞은 단위로 나타내려고 한다. 보기에서 알맞은 단위를 골라 ( )안에 써 넣으시오.

$$cm^2, \quad m^2, \quad a, \quad ha, \quad km^2$$

(1) 과학실의 바닥의 넓이 :   약 65(   )

(2) 수학책 겉표지의 넓이 :   약 480(   )

(3) 우리나라 땅의 넓이 :   약 22만(   )

(4) 학교 운동장의 넓이 :   약 60(   )

(5) 동네 산의 넓이 :   약 15(   )

 다음 채점 기준을 참고하여 답안을 작성하여 봅시다.

영역	문제	채점 기준	배점	내 점수
측정	1	·5가지 정확하게 나타내었다.	5	
		·4가지 정확하게 나타내었다.	4	
		·3가지 정확하게 나타내었다.	3	
		·2가지 정확하게 나타내었다.	2	
		·1가지 정확하게 나타내었다.	1	

◉ 크기를 생각하며 찾아본다.

문제 1 숫자 '12'와 관련 있는 주변의 현상, 역사적 사실, 각종 정보를 10개 쓰시오.(단, 개인의 주관적인 것은 안 되며, 누구나 인정하는 일반적인 것이어야 한다.)

○ _____

○ _____

○ _____

○ _____

○ _____

○ _____

○ _____

○ _____

○ _____

○ _____

다음 채점 기준을 참고하여 답안을 작성하여 봅시다.

영역	문제	채점 기준	배점	내 점수
수와 연산	1	· 10개 이상을 쓴 경우	10	
		· 8~9개를 쓴 경우	8	
		· 6~7개를 쓴 경우	6	
		· 4~5개를 쓴 경우	4	
		· 1~3개를 쓴 경우	2	

고득점 **Tip**

🌸 생활 속에서 생각한다.

💬 **다음 문제를 설명하시오**

문제 1 소수 27.35를 읽을 때, '이십 칠점 삼십 오'라고 읽지 않고 '이십 칠점 삼오'로 읽는 이유를 설명하시오.

_____

_____

_____

_____

문제 2 자연수에서는 342가 75보다 크다. 그런데 소수에서는 0.342가 0.75보다 작은 이유를 설명하시오.

_____

_____

_____

_____

다음 채점 기준을 참고하여 답안을 작성하여 봅시다.

영역	문제	채점 기준	배점	내 점수
수와 연산	1	·설명이 구체적으로 제시되고 논리적인 경우	5	
		·설명이 구체적으로 진술되지 않았거나 논리적이지 않은 경우	3	
		·설명이 구체적으로 진술되지 않았고 논리적이지도 않은 경우	0	
	2	·설명이 구체적으로 제시되고 논리적인 경우	5	
		·설명이 구체적으로 진술되지 않았거나 논리적이지 않은 경우	3	
		·설명이 구체적으로 진술되지 않았고 논리적이지도 않은 경우	0	

◈ 제시된 방법 외에 다양한 대답이 나올 수 있다. 학생들의 설명이 논리적이면 정답으로 처리한다.

20. 분수와 소수의 크기 비교하기

○ 다음 분수를 보고 물음에 답하시오.

① $5\frac{1}{3}$ ② $5\frac{4}{9}$ ③ $\frac{17}{3}$ ④ $\frac{23}{4}$ ⑤ $5\frac{7}{8}$

문제 1 5.6과 5.85 사이에 있는 분수를 모두 골라 기호로 쓰시오.

문제 2 답을 어떻게 구하였는지 풀이 과정을 설명하시오.

 다음 채점 기준을 참고하여 답안을 작성하여 봅시다.

영역	문제	채점 기준	배점	내 점수
수와 연산	1	·정답 2개만을 정하게 한다.	2	
		·정답 1개만을 정하게 한다.	1	
	2	·모두 소수로 고쳐서 풀이하는 과정을 설명하였다.	3	
		·모두 분수로 고쳐서 풀이하는 과정을 설명하였다.	2	
		·설명은 하였으나 논리적이지 못하다.	1	

❀ 분수와 소수를 비교하기 위해서는 분수를 소수로 고치거나 소수를 분수로 고쳐 비교한다.

21. 혼합 계산 방법 알기

문제 1 ①과 ②는 분수와 자연수의 혼합 계산 방법이다. 두 방법의 차이점을 설명하시오.

① $1\frac{2}{5} \times 5 \div 7 = \frac{7}{5} \times 5 \div 7 = 7 \div 7 = 7 \times \frac{1}{7} = 1$

② $1\frac{2}{5} \times 5 \div 7 = \frac{7}{5} \times 5 \times \frac{1}{7} = \frac{7}{5} \times \frac{5}{7} = 1$

(1)

----

(2)

 다음 채점 기준을 참고하여 답안을 작성하여 봅시다.

영역	문제	채점 기준	배점	내 점수
수와 연산	1	·분수와 자연수의 혼합 계산을 능숙하게 설명하였다.	5	
		·분수와 자연수의 혼합 계산을 하는 방법에 대한 이해가 미흡하게 설명하였다.	3	
		·분수와 자연수의 혼합 계산의 다양한 방법에 대한 차이를 인식하지 못하고 설명하였다.	1	

❀ 혼합 계산에서 계산한 결과를 해석한다.

물통에 $\frac{2}{3}\ell$의 물이 들어 있다. 이 물을 4개의 컵에 똑같이 나누어 놓으면 컵 한 개에는 몇 ℓ의 물이 들어가는지 알아보시오.

문제 1 컵 한 개에 들어가는 물의 양을 나눗셈으로 계산하시오.

식 :   답 :

문제 2 컵 한 개에 들어가는 물의 양을 곱셈으로 계산하시오.

식 :   답 :

 다음 채점 기준을 참고하여 답안을 작성하여 봅시다.

영역	문제	채점 기준	배점	내 점수
수와 연산	1	·식과 답이 맞다.	2	
		·식과 답 중 하나만 맞다.	1	
	2	·식과 답이 맞다.	2	
		·식과 답 중 하나만 맞다.	1	

● 혼합 계산 방법을 생각한다.

💬 삼각형 ㄱㄴㄷ을 점 ㅇ을 중심으로 하여 180도 돌렸을 때, 다음 물음에 답하시오.

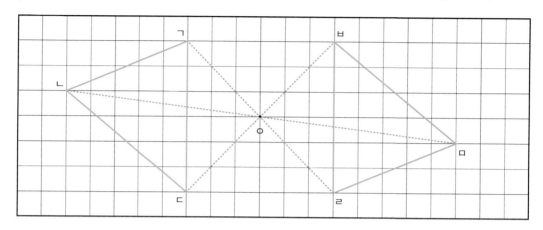

문제 1 삼각형 ㄱㄴㄷ은 삼각형 ㄹㅁㅂ에 완전히 포개어지는가?

문제 2 점 ㅇ을 무엇이라고 하는가?

문제 3 대응점을 찾아보시오.

점 ㄱ과 점(　　), 점 ㄴ과 점(　　), 점 ㄷ과 점(　　)

문제 4 대응변을 찾아보시오.

변 ㄱㄴ과 변(　　), 변 ㄴㄷ과 변(　　), 변 ㄷㄱ과 변(　　)

문제 5 대응각을 찾아보시오.

각 ㄱㄴㄷ과 각(　　　), 각 ㄴㄷㄱ과 각(　　　　)

문제 6 선분 ㄷㅇ의 길이와 같은 선분은 어느 것입니까?

 다음 채점 기준을 참고하여 답안을 작성하여 봅시다.

영역	문제	채점 기준	배점	내 점수
도형	1	·5~6문항을 바르게 답하였다.	5	
		·3~4문항을 바르게 답하였다.	3	
		·1~2문항을 바르게 답하였다.	1	

◈ 대칭 관계를 생각한다.

💬 다음 학생들이 주장하는 이야기를 잘 듣고 물음에 답하시오.

지은 : 점대칭도형은 선대칭도형이다.

순우 : 선대칭도형은 점대칭도형이다.

희진 : 정다각형은 한 변의 길이만 알면 완전히 결정된다.

순혁 : 직각삼각형은 한 변을 축으로 하여 1회전시키면 항상 원뿔을 얻을 수 있다.

유리 : 점대칭도형은 그 대칭점을 지나는 직선으로 자르면 합동인 두 개의 도형으로 나누어진다.

문제 1 위 이야기 중 항상 "참"이 되는 주장을 한 학생을 모두 찾으시오.

- -

문제 2 항상 "참"이 되지 않는 학생의 주장에서 성립하지 않는 경우를 예를 들어 설명하시오.

학생명	성립하지 않는 경우의 예

다음 채점 기준을 참고하여 답안을 작성하여 봅시다.

영역	문제	채점 기준	배점	내 점수
도형	1	·2개 모두 맞힌 경우	4	
		·1개 맞힌 경우	2	
		·오답에 대해서는 1개당 감점 1점을 한다.(감점을 포함한 점수의 최저점은 0점이다)	0	
	2	·반례 3개를 모두 제시한 경우	6	
		·반례 2개를 제시한 경우	4	
		·반례 1개를 제시한 경우	2	

◉ 제시된 정답 외에 다양한 대답이 나올 수 있다. 학생들의 설명이 논리적이면 정답으로 처리한다.

25. 정사각형 그리기

25. 정사각형 그리기

[2학기] 3. 도형의 대칭

문제 1 아래와 같이 일정한 간격으로 점이 찍혀 있는 7×7 점종이에 선분을 연결하여 크기가 서로 다른 정사각형을 유형 2번 그림처럼 만들어 보시오.(정사각형이 아닌 그림에 대한 감점 있음.)

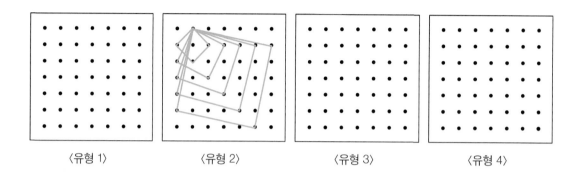

⟨유형 1⟩   ⟨유형 2⟩   ⟨유형 3⟩   ⟨유형 4⟩

 다음 채점 기준을 참고하여 답안을 작성하여 봅시다.

영역	문제	채점 기준	배점	내 점수
도형	1	·11개를 모두 그린 경우	10	
		·9~10개를 그린 경우	8	
		·7~8개를 그린 경우	6	
		·5~6개를 그린 경우	4	
		·3~4개를 그린 경우	2	
		·1~2개를 그린 경우	1	

※ 정사각형이 아닌 그림에 대해서는 감점 1점을 한다. 단, 감점을 포함한 점수의 최저점은 0점이다.

☁ 한 점에서 최대한 그릴 수 있는 방법을 생각한다.

문제 1 한 시간 동안에 320.75km를 달리는 KTX가 있다. 이 KTX가 1시간 30분 동안에
달리는 거리는 몇 km인지 식과 답을 쓰시오.

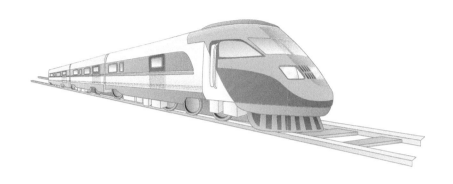

 식 :

 답 :

다음 채점 기준을 참고하여 답안을 작성하여 봅시다.

영역	문제	채점 기준	배점	내 점수
수와 연산	1	·식과 답이 맞다.	2	
		·식과 답 중 하나만 맞다.	1	

◉ 1시간 30분을 소수로 고쳐서 계산한다.

문제 1 0.7 × 0.5 = 0.35이다. 0.7 × 0.05와 0.07 × 0.5의 계산 방법을 각각 설명하고 답을 쓰시오.

(1) 0.7 × 0.05

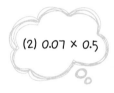

(2) 0.07 × 0.5

 다음 채점 기준을 참고하여 답안을 작성하여 봅시다.

영역	문제	채점 기준	배점	내 점수
수와 연산	1	·2가지 계산방법을 바르게 설명하고 답이 맞다.	5	
		·1가지 계산방법을 바르게 설명하고 답이 맞다.	3	
		·계산방법을 바르게 설명하지 못하고 답만 맞다.	1	

🔵 (소수)×(소수)의 계산 원리를 생각한다.

문제 1 다음 나눗셈을 보고 세 사람이 설명한 내용이다. 누구의 말이 맞는지 쓰고, 그 이유를 설명하시오.

```
          2 6
   1.4 ) 3 6. 9
          2 8
          8 9
          8 4
            5
```

창희 : 몫이 26이고, 나머지는 5이다.

미자 : 몫이 2.6이고, 나머지는 0.5이다.

경순 : 몫이 26이고, 나머지는 0.5이다.

 맞은 사람 :

 이유 :

 **다음 채점 기준을 참고하여 답안을 작성하여 봅시다.**

영역	문제	채점 기준	배점	내 점수
수와 연산	1	·맞은 사람과 이유를 바르게 설명하였다.	5	
		·맞은 사람은 틀리고 이유는 타당하다.	3	
		·맞은 사람은 바르나 이유가 타당하지 않다.	1	

고득점 Tip

◉ 소수의 나눗셈 원리를 생각한다.

💬 다음 문제를 해결하시오.

문제 1 6ℓ의 물을 19명의 어린이들이 똑같이 나누어 마시려고 한다. 한 사람이 약 몇 ℓ 마실 수 있는지 계산한 식을 소수 넷째자리까지 쓰고, 소수 둘째 자리까지 구할 경우 반올림할 것인지 올림할 것인지 내림할 것인지 이유를 쓰고 답을 쓰시오.

👆 식 :

👆 이유 :

👆 답 :

문제 2 원빈이네 동네 약수터에는 2시간 동안 365.4ℓ의 물이 나온다. 원빈이는 들이가 똑같은 물통 6개를 채우는데 1시간 걸렸다. 물통 한 개의 들이는 몇ℓ인지 반올림하여 소수 둘째 자리까지 구하는 식과 답을 쓰시오.

👆 식 :

👆 답 :

다음 채점 기준을 참고하여 답안을 작성하여 봅시다.

영역	문제	채점 기준	배점	내 점수
수와 연산	1	·식과 답이 맞고 이유가 타당하다.	5	
		·식과 답이 맞고 이유가 타당하지 않다.	3	
		·식과 답이 틀리고 이유는 타당하다.	1	
	2	·식과 답이 맞다.	3	
		·2개의 문항을 바르게 답하였다.	1	

● 대상에 따라 소수 이하 자리수의 올림과 내림의 쓰임을 생각한다.

○ 준호네 모둠의 학급 홈페이지에 접속한 횟수를 조사한 자료다. 물음에 답하시오.

학급홈페이지 접속 횟수 (단위:회)		
37	22	45
31	10	41
34	32	41
17	29	23

문제 1 조사한 자료를 보고 줄기와 잎 그림을 완성하시오.

학급 홈페이지 접속 횟수 (단위:회)			
줄기	잎		
	7	1	

문제 2 완성한 줄기와 잎 그림을 보고 알 수 있는 것을 5가지 쓰시오.

○ _____

○ _____

○ _____

○ _____

○ _____

다음 채점 기준을 참고하여 답안을 작성하여 봅시다.

영역	문제	채점 기준	배점	내 점수
확률과 통계	1	·줄기와 잎의 그림 5가지 맞았다.	5	
		·줄기와 잎의 그림 4가지 맞았다.	4	
		·줄기와 잎의 그림 3가지 맞았다.	3	
		·줄기와 잎의 그림 2가지 맞았다.	2	
		·줄기와 잎의 그림 1가지 맞았다.	1	
	2	·알 수 있는 사실을 5가지 썼다.	5	
		·알 수 있는 사실을 4가지 썼다.	4	
		·알 수 있는 사실을 3가지 썼다.	3	
		·알 수 있는 사실을 2가지 썼다.	2	
		·알 수 있는 사실을 1가지 썼다.	1	

◉ 자료의 특성을 파악한다.

○ 다음 문제를 해결하시오.

문제 1 점이 9개 있다. 연필을 떼지 않고 선분 4개를 이어서 점 9개를 모두 지나도록 그리시오.

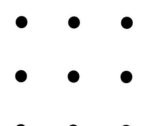

문제 2 점이 16개 있다. 연필을 떼지 않고 선분 6개를 이어서 점 16개를 모두 지나도록 그리시오.

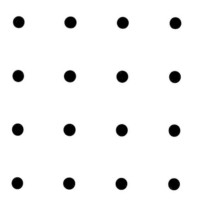

다음 채점 기준을 참고하여 답안을 작성하여 봅시다.

영역	문제	채점 기준	배점	내 점수
확률과 통계	1	·한 번도 연필을 떼지 않고 4개의 선분으로 그림을 그린 경우	4	
		·4개의 선분으로 모든 점을 지나도록 그렸으나 연필을 떼고 그림을 그린 경우	2	
	2	·한 번도 연필을 떼지 않고 6개의 선분으로 그림을 그린 경우	6	
		·6개의 선분으로 모든 점을 지나도록 그렸으나 연필을 떼고 그림을 그린 경우	3	

● 제시된 그림과 다른 여러 가지 그림이 나올 수 있다. 교사가 답의 유무를 직접 그려보면서 확인해야

한다.

💬 방학 중 외국어교육을 받는 방법은 다음과 같이 여러 가지가 있다.

　　㉮ 대학부설 외국어교육원
　　㉯ 시청부설 외국어교육원
　　㉰ 자신이 소속된 학교의 방과후학교 외국어부서
　　㉱ 외국어교육원에서 주관하는 사이버 외국어교육
　　㉲ 국제화 교육과 관련하여 운영하는 외국어교육원

문제 1 이러한 기관 중에서 한 곳에만 지원할 수 있다고 할 때, 여러분은 어떤 〈조건〉들을 생각해서 방학 때 외국어교육기관을 선택할 것인가? 여러분이 생각해야 할 조건을 5가지 써 보시오.

○ _____

○ _____

○ _____

○ _____

○ _____

 다음 채점 기준을 참고하여 답안을 작성하여 봅시다.

영역	문제	채점 기준	배점	내 점수
확률과 통계	1	·5개를 맞았다.	5	
		·4개를 맞았다.	4	
		·3개를 맞았다.	3	
		·2개를 맞았다.	2	
		·1개를 맞았다.	1	

🔘 자신이 유리하거나 필요한 근거나 조건을 논리적으로 맞게 쓴다.

문제 1 이모티콘이란 단어는 감정과 아이콘의 합성어로써 컴퓨터 자판의 문자와 기호, 숫자 등을 적절히 조합해 감정 같은 것을 표현하는 것을 말한다. 예를 들어 사람의 웃는 모습을 흉내 낸 (^ ^), (^o^), (*^^*)는 '싱글 벙글'이란 뜻이고, 우는 소리를 흉내 낸 (T.T), (TT.TT)는 '슬프다'라는 의미를 가지고 있다. 위의 이모티콘처럼 아래 키보드를 이용하여 주어진 뜻에 맞는 이모티콘을 각각 2가지씩 만들고, 만든 이유를 설명하여 보시오.

최고	이모티콘		
	설명		
당황스럽다	이모티콘		
	설명		

다음 채점 기준을 참고하여 답안을 작성하여 봅시다.

영역	문제	채점 기준	배점	내 점수
규칙성과 문제 해결	1	·4개의 이모티콘을 그렸고 설명 의미에 부합하다.	5	
		·3개의 이모티콘을 그렸고 설명 의미에 부합하다.	4	
		·2개의 이모티콘을 그렸고 설명 의미에 부합하다.	2	
		·1개의 이모티콘을 그렸고 설명 의미에 부합하다.	1	

◎ 제시된 의미를 모두가 쉽게 알아 볼 수 있는 모양을 생각하여 여러 개의 자판을 조합하여 만들어 본다.

문제 1 수진이네 가족과 수영이네 가족은 같은 지점에서 동시에 출발하여 16km 떨어져 있는 수영장에서 만나기로 하였다. 수진이네 차는 10분 동안 8km를 가고, 수영이네 차는 25분 동안 20km를 간다. 누가 먼저 도착할지 알아 보고, 그렇게 생각한 이유를 쓰시오.

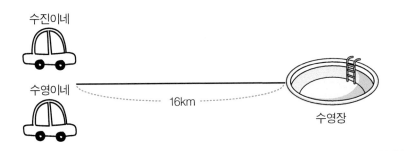

 다음 채점 기준을 참고하여 답안을 작성하여 봅시다.

영역	문제	채점 기준	배점	내 점수
규칙성과 문제 해결	1	·답이 맞고 이유를 식으로 나타내어 설명하였다.	5	
		·답이 맞고 이유를 식으로 나타내었으나 설명이 어색하다.	3	
		·답만 맞고 이유를 식으로 나타내어 설명하지 못하였다.	1	

 **Tip**

🔵 단위를 비교할 수 있도록 하거나 비를 생각하여 본다.

문제 1 다음은 우리 생활에서 비율이 사용되는 예를 나타낸 것이다. 이 중 비교하는 양이 기준량보다 큰 예는 어느 것인지 찾고, 그 이유를 쓰시오.

　　가. 빨간 막대의 길이는 초록 막대 길이의 0.8이다.

　　나. 오늘의 공부시간은 어제의 96%밖에 하지 못했다.

　　다. 나의 책상의 세로 길이는 가로 길이의 $\frac{3}{4}$이다.

　　라. 나는 동생보다 10할 2푼의 돈을 더 저금했다.

 다음 채점 기준을 참고하여 답안을 작성하여 봅시다.

영역	문제	채점 기준	배점	내 점수
규칙성과 문제 해결	1	·기준량, 비교하는 양, 비의 값의 관계를 잘 설명하여 이유를 들고, 정답을 구하였다.	5	
		·정답을 구하였으나 기준량, 비교하는 양, 비의 값의 관계에 대한 설명이 미흡하였다.	3	
		·정답을 구하였으나, 이유를 설명하지 못했다.	1	

◉ 단위를 비교할 수 있도록 소수로 통일하여 본다.

문제 1 A라는 어떤 수를 세 번 곱한 수는 A라는 어떤 수를 두 번 곱한 수보다 448이 크다고 한다. 어떤 수를 구하는 과정을 차례로 써서 어떤 수를 구하시오.

 다음 채점 기준을 참고하여 답안을 작성하여 봅시다.

영역	문제	채점 기준	배점	내 점수
규칙성과 문제 해결	1	·어떤 수를 맞게 구하고, 해결 방법이 타당하다.	5	
		·해결 방법은 타당하나 계산상 실수로 답이 틀렸다.	3	
		·답만 맞았다.	1	

◉ 어떤 수 3개는 차례대로 곱해서 비교해 본다.

문제 1 무인도에 산토끼를 몇 마리 두었더니 한 달 뒤에 2배씩 산토끼의 수가 늘어났다. 산토끼의 수를 관찰하면서 5개월이 지나 산토끼의 수를 세어보니 224마리였다. 처음에 산토끼를 몇 마리 두었는지 풀이 과정과 답을 쓰시오.

☞ 풀이 과정 :

☞ 답 :

 다음 채점 기준을 참고하여 답안을 작성하여 봅시다.

영역	문제	채점 기준	배점	내 점수
규칙성과 문제 해결	1	·풀이 과정과 답이 맞았다.	5	
		·풀이 과정은 맞으나 답이 틀렸다.	3	
		·풀이 과정은 틀리나 답이 맞다.	1	

◉ 거꾸로 생각하여 문제를 푼다.

문제 1 〈보기〉와 같은 계산에서 규칙을 찾아, ○안에 알맞은 답을 써 넣으시오.

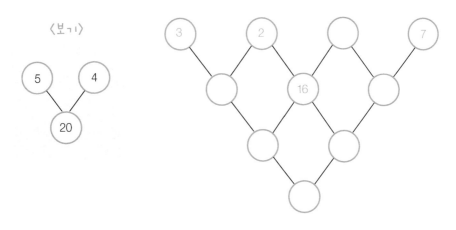

 규칙 찾기 :

....

....

....

....

다음 채점 기준을 참고하여 답안을 작성하여 봅시다.

영역	문제	채점 기준	배점	내 점수
규칙성과 문제 해결	1	·풀이 과정과 답이 맞았다.	5	
		·풀이 과정은 맞으나 답이 틀렸다.	3	
		·풀이 과정은 틀리나 답이 맞다.	1	

◉ 보기에서 규칙을 찾아 하나씩 차례대로 해결한다.

5학년 사회

01. 공통점 찾기

○ 지도는 삼국의 형성 과정 모습을 나타낸 것이다.

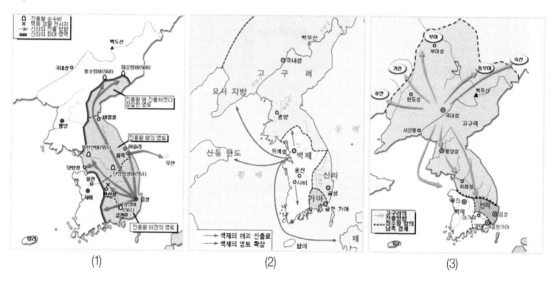

| (1) | (2) | (3) |

문제 1 시대 순으로 기호를 쓰시오.

➡   ➡

문제 2 고구려, 백제, 신라는 서로 경쟁하고 때로는 교류하면서 성장하였다. 각 나라의 성립과 성장 모습에서 공통점을 찾아 세 가지 써 보시오.

 다음 채점 기준을 참고하여 답안을 작성하여 봅시다.

영역	문제	채점 기준	배점	내 점수
역사	1	· 답이 맞았다.	2	
		· 답이 틀렸다.	0	
	2	·삼국의 성립과 성장 모습 중 공통점을 세 가지 썼다.	5	
		·삼국의 성립과 성장 모습 중 공통점을 두 가지 썼다.	3	
		·삼국의 성립과 성장 모습 중 공통점을 한 가지 썼다.	1	
		·답을 쓰지 못하였다.	0	

고득점 Tip

◉ 삼국시대의 건국신화부터 일반 생활에까지 전반적인 모습에서 공통점을 찾는다.

◉ 삼국이 동일하게 원하던 지역을 찾는다.

💬 다음 자료는 청동기 시대 사람들의 생활 모습이 담겨 있는 반구대 바위그림이다.

_출처 : http://www.wikitree.co.kr/main/news_view.php?id=9534

문제 1 그림에서 알 수 있는 당시 사람들의 생활 모습을 세 가지 이상 추측하여 써 보시오.

다음 채점 기준을 참고하여 답안을 작성하여 봅시다.

영역	문제	채점 기준	배점	내 점수
역사	1	·사람들의 생활 모습을 근거를 들어 세 가지 썼다.	5	
		·사람들의 생활 모습을 근거를 들어 두 가지 썼다.	3	
		·사람들의 생활 모습을 근거를 들어 한 가지 썼다.	1	
		·답을 쓰지 못하였다.	0	

◉ 청동기 시대 사람들의 생활 모습을 생각해 본다.

◉ 그림에 나온 동물들은 무엇이 있고 왜 그렸는지 생각해 본다.

◯ **다음의 대화 글을 읽고 물음에 답하시오.**

> 학생 : 삼국통일 과정에서 신라는 왜 당나라와 손을 잡았나요?
>
> 선생님 : 음, 그건 혼자 힘으로는 삼국을 통일할 수 없었기 때문이란다.
>
> 학생 : 삼국 중 가장 강했던 나라는 신라가 아니라 고구려인데 고구려가 멸망한 이유는 무엇인가요?
>
> 선생님 : 연개소문이 죽은 뒤 자식들은 권력다툼이 심했고 국력을 낭비하기 일쑤였기 때문이란다.
>
> 학생 : 신라가 백제와 고구려를 멸망시키자 당나라의 태도는 어땠나요?
>
> 선생님 : 신라를 지배하려고 들었지. 하지만 백제와 고구려 유민의 도움과 신라의 의지로 당나라를 몰아낼 수 있었어.
>
> 학생 : 그렇군요. 삼국이 통일되어 민족 문화의 토대를 마련했지만 당나라의 힘을 빌려 통일을 이루는 과정에서 한반도 북쪽에 대한 영토를 잃게 되었다는 점이 아쉬운 것 같아요.
>
> 선생님 : 그래서 후대 사람들 중에는 삼국통일의 주역이 신라가 아닌 고구려였으면 하고 바라는 사람들도 있단다.
>
> 학생 : 만약 고구려가 삼국 통일을 이루었다면 어땠을까요?

문제 1 만약 삼국 통일이 신라가 아닌 고구려에 의해 이루어졌을 때의 결과를 예상해서 두 가지 이상 써 보시오.

다음 채점 기준을 참고하여 답안을 작성하여 봅시다.

영역	문제	채점 기준	배점	내 점수
역사	1	·고구려가 삼국 통일의 주역일 경우를 가정하여 적절한 결과를 두 가지 이상 예상하였다.	5	
		·고구려가 삼국 통일의 주역일 경우를 가정하여 적절한 결과를 한 가지 예상하였다.	3	
		·적절하게 예상하지 못하였다.	0	

◉ 고구려인의 기상과 영토 영역 등을 고려하여 예상한다.

💬 〈보기〉의 유물들이 우리 학교 뒷산에서 발굴되었다.

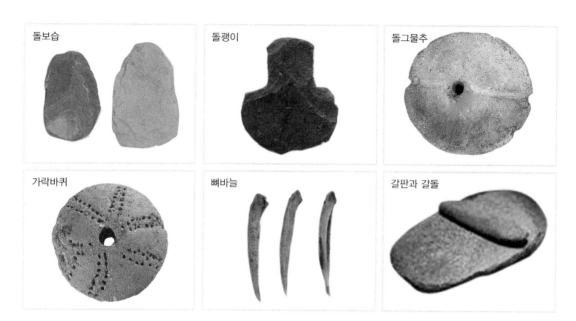

문제 1 발굴된 유물들을 용도에 따라 분류하시오.

　(1) 농사에 사용된 유물　：_____,_____

　(2) 의생활에 사용된 유물 : _____,_____

　(3) 식생활에 사용된 유물 : _____,_____

문제 2 〈보기〉의 유물들을 보고 당시의 생활 모습을 예상하여 세 가지 이상 쓰시오.

다음 채점 기준을 참고하여 답안을 작성하여 봅시다.

영역	문제	채점 기준	배점	내 점수
역사	1	·(1)~(3) 다 맞았다.	3	
		·(1)~(3) 중 두 개 맞았다.	2	
		·(1)~(3) 중 한 개 맞았다.	1	
		·(1)~(3) 모두 틀렸다.	0	
	2	·당시 생활 모습을 세 가지 이상 정확하게 예상하였다.	3	
		·당시 생활 모습을 1~2가지 맞게 예상하였다.	1	
		·쓰지 못하였다.	0	

◉ 유물의 생김새의 특징을 찾고 어디에 사용된 물건인지 생각해 본다.

◉ 유물이 출토된 시대의 생활 모습을 생각해 본다.

💬 지도는 고조선의 세력 범위와 관련된 유물 분포도이다.

_출처 : http://ladenijoa.egloos.com/3504609

문제 1 유물 분포도를 보고 고조선의 영토임을 알 수 있는 유물을 쓰고 고조선을 추측할 수 있는 원리를 설명하시오.

다음 채점 기준을 참고하여 답안을 작성하여 봅시다.

영역	문제	채점 기준	배점	내 점수
지식	1	·유물을 두 개 이상 쓰고 고조선의 위치를 짐작할 수 있는 원리를 썼다.	5	
		·유물을 한 개 쓰고 고조선의 위치를 짐작할 수 있는 원리를 썼다.	3	
		·유물과 고조선의 위치를 짐작할 수 있는 원리 중 하나만 썼다.	1	
		·유물을 찾지 못하고 원리도 쓰지 못하였다.	0	

고득점 **Tip**

◉ 글이 없던 시대에는 무엇을 통해 그 시대를 연구할 수 있는지 생각해 본다.

◉ 고조선만의 독특한 유물이 발견되는 지역은 무엇을 뜻하는지 원리를 생각해 본다.

💬 다음의 사진은 선사시대 사용했던 도구들이다.

뗀석기	빗살무늬토기	비파형 동검
		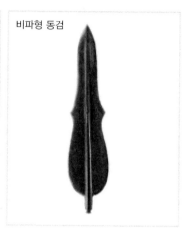

문제 1 각 도구들을 시대 순으로 나열하고 각각의 제작 방법과 쓰임새, 전체적인 특징을 서술하시오.

다음 채점 기준을 참고하여 답안을 작성하여 봅시다.

영역	문제	채점 기준	배점	내 점수
역사	1	·각 도구를 시대순으로 나열하고 각각의 제작 방법과 전체적인 특징을 서술하였다.	5	
		·각 도구를 시대순으로 나열하고 각각의 제작 방법과 쓰임을 썼으나 전체적인 특징은 쓰지 못하였다.	3	
		·도구가 만들어진 방법과 전체적인 특징을 쓰지 못하였다.	0	

◉ 각 시기별로 도구를 만드는 방법이 다른 점을 이해한다.

◉ 생활에 편리한 여러 가지 도구가 발전하는 방향을 생각해 본다.

문제 1 청동기 시대의 유물을 〈보기〉에서 세 가지 고르고, 활용도와 생활 모습을 쓰시오.

〈보기〉

- 청동거울
- 빗살무늬 토기
- 갈판과 갈돌
- 반달돌칼
- 고인돌
- 철검

(1) 유물 :
_____

활용도와 알 수 있는 생활 모습 :
_____

_____

(2) 유물 :
_____

활용도와 알 수 있는 생활 모습 :
_____

_____

(3) 유물 :
_____

활용도와 알 수 있는 생활 모습 :
_____

_____

다음 채점 기준을 참고하여 답안을 작성하여 봅시다.

영역	문제	채점 기준	배점	내 점수
지식	1	·청동기 시대 유물 세 가지를 쓰고 활용도와 생활 모습을 정확히 썼다.	5	
		·청동기 시대 유물 두 가지를 쓰고 활용도와 생활 모습을 정확히 썼다.	4	
		·청동기 시대 유물 한 가지를 쓰고 활용도와 생활 모습을 정확히 썼다.	1	
		·유물을 바르게 고르지 못하고 까닭도 못하였다.	0	

◉ 보기의 유물들 중에서 청동기 시대와 관련 있는 유물을 찾아 본다.

◉ 각 유물의 쓰임을 생각해 보고 당시의 생활 모습과 관계지어 생각해 본다.

💬 다음 지도와 같이 신라는 한강 유역을 장악한 후 삼국통일의 기틀을 마련할 수 있었다.

문제 1 신라에게 한강 유역은 어떤 입지적 특성을 가지고 있는지 두 가지 이상 쓰시오.

다음 채점 기준을 참고하여 답안을 작성하여 봅시다.

영역	문제	채점 기준	배점	내 점수
지식	1	·신라의 입장에서 한강 유역이 의미하는 특성을 두 가지 이상 썼다.	5	
		·신라의 입장에서 한강 유역이 의미하는 특성을 한 가지 썼다.	3	
		·신라의 입장에서 한강유역의 특성을 쓰지 못하였다.	0	

● 신라는 삼국 중에 중국의 선진 문화 전파가 가장 늦었다.

● 백제와 고구려의 연맹은 커가는 신라의 가장 큰 부담이 되었다.

◯ 〈보기〉는 고조선의 8조법 중 일부이다.

〈보기〉

- 사람을 죽인 자는 사형에 처한다.
- 남을 다치게 한 자는 곡식으로 갚아야 한다.
- 도둑질을 한 자는 데려다 노비로 삼는다.
- 만일 도둑질한 사람이 죄를 벗으려면 많은 돈을 내야 한다.

문제 1 고조선의 8조법 중 일부 내용을 분석해 알 수 있는 고조선 시대의 생활 모습을 세 가지 이상 써 보시오.

다음 채점 기준을 참고하여 답안을 작성하여 봅시다.

영역	문제	채점 기준	배점	내 점수
기능	1	·고조선 시대의 생활 모습 세 가지를 썼다.	5	
		·고조선 시대의 생활 모습 두 가지를 썼다.	3	
		·고조선 시대의 생활 모습 한 가지를 썼다.	1	
		·쓰지 못하였다.	0	

고득점 Tip

◉ 8조법을 통해 고조선의 사회 모습을 알 수 있다.

◉ 법을 만들어 사용한다는 것은 사회를 통치하기 위한 강력한 세력이 등장했음을 알려 준다.

💬 다음은 신석기 시대의 토기이다. 물음에 답하시오.

_출처 : http://www.dugok.com/bbs/board.php?bo_table=00_cultural&wr_id=57

문제 1 위 토기의 이름과 용도를 쓰시오.

문제 2 토기에 무늬를 새겨 넣는 이유를 세 가지 이상 쓰시오.

 다음 채점 기준을 참고하여 답안을 작성하여 봅시다.

영역	문제	채점 기준	배점	내 점수
지식	1	·토기의 이름과 용도를 썼다.	2	
		·토기의 이름은 썼으나 용도를 쓰지 못하였다.	1	
		·토기의 이름과 용도를 쓰지 못하였다.	0	
	2	·토기에 무늬를 새겨 넣는 이유를 세 가지 이상 썼다.	3	
		·토기에 무늬를 새겨 넣는 이유를 1~2가지 썼다.	2	
		·토기에 무늬를 새겨 넣는 이유를 쓰지 못하였다.	0	

고득점 Tip

● 생활이 변화하면 도구를 만들고, 그 도구에는 그 시대 사람들의 염원이나 생활 모습이 담겨져 있다.

○ 승연이는 단군왕검에 대해 다음과 같은 궁금한 점이 생겼다.

- 왜 환웅은 하늘에서 땅으로 내려왔나요?
- 어떻게 곰이 사람이 되나요?
- 단군왕검이 세운 나라는 조선인데 왜 고조선이라고 하나요?
- 단군왕검 이야기가 전해 내려오는 이유는 뭔가요?

문제 1 단군왕검에 담긴 의미를 승연이에게 알려주는 글을 쓰시오.(단, 각각의 질문에 맞는 답을 생각하여 서술하시오.)

- -

- -

- -

- -

- -

- -

- -

다음 채점 기준을 참고하여 답안을 작성하여 봅시다.

영역	문제	채점 기준	배점	내 점수
지식	1	·단군왕검에 관한 네 가지 질문에 모두 답하였다.	5	
		·단군왕검에 관한 세 가지 질문에 답하였다.	3	
		·단군왕검에 관한 두 가지 질문에 답하였다.	2	
		·단군왕검에 관한 한 가지 질문에 답하였다.	1	
		·단군왕검에 관하여 답하지 못하였다.	0	

고득점 Tip

◉ 단군왕검을 우리가 배우는 이유를 생각해 본다.

12. 비교하기

문제 1 고조선과 오늘날을 비교한 표이다. 빈칸에 알맞게 쓰시오.

구분	고조선	오늘날
다스리는 사람	①	대통령, 국회의원
신분	단군왕검, 노예 등 신분차이 있음	②
법	③	헌법, 법률, 규칙, 조례 등
도구	④	각종 기계, 컴퓨터, 자동차 등
무덤	⑤	무덤, 화장, 수목장 등

 다음 채점 기준을 참고하여 답안을 작성하여 봅시다.

영역	문제	채점 기준	배점	내 점수
역사	1	·고조선과 오늘날을 항목에 맞게 다섯 가지 모두 썼다.	5	
		·고조선과 오늘날을 항목에 맞게 네 가지 썼다.	4	
		·고조선과 오늘날을 항목에 맞게 세 가지 썼다.	3	
		·고조선과 오늘날을 항목에 맞게 두 가지 썼다.	2	
		·고조선과 오늘날을 항목에 맞게 한 가지 썼다.	1	
		·고조선과 오늘날을 전혀 비교하지 못하였다.	0	

⊙ 오늘날과 비교하여 고조선의 생활 모습을 떠올려 본다.

◯ 다음은 신라의 문화재 석굴암 사진이다.

_출처 : kr.blog.yahoo.com

문제 1 경주 문화 가이드가 되어 문화 탐방을 온 학생들에게 역사적 사실을 바탕으로
석굴암의 유래 및 특징 등 석굴암을 소개하는 글을 써 보시오.

🗨 여러분 안녕하세요? 저는 경주문화답사 가이드를 맡게 된 (   )입니다.

지금부터 제가 여러분께 석굴암을 소개하겠습니다.

다음 채점 기준을 참고하여 답안을 작성하여 봅시다.

영역	문제	채점 기준	배점	내 점수
기능	1	·석굴암의 유래와 특징이 들어가게 소개하는 글을 썼다.	5	
		·석굴암의 유래와 특징이 들어가게 소개는 했으나 내용이 미흡하다.	3	
		·소개하는 글을 쓰지 못하였다.	0	

고득점 Tip

◉ 신라 문화재가 세워진 시기와 특징을 생각해 본다.

◉ 신라 문화재가 갖는 의미를 생각해 본다.

○ 왼쪽 핸드폰 화면은 홍이가 친구에게 박물관에서 찍어 보낸 유물의 사진이다. 다음 물음
　에 답하시오.

윤이　나 지금 박물관 입구야. 넌 어디니?
홍이　난 조금 전에 도착해서 먼저 들어와서
　　　보고 있어. 2층 첫 번째 전시관으로 와.
　　　내가 지금 보고 있는 유물을 사진으로
　　　전송해 줄 테니까 어느 지역의 문화재
　　　인지 맞춰 볼래?
윤이　응~ 보내봐. 나도 곧 갈게~

문제 1 이 유물과 관련된 지역은 (　　　　　)이다.

문제 2 위 유물이 출토된 지역을 소개하는 글을 적어 보시오.

다음 채점 기준을 참고하여 답안을 작성하여 봅시다.

영역	문제	채점 기준	배점	내 점수
역사	1-2	·어느 나라 문물인지 알고 나라명과 그 지역에 관하여 세 문장 이상으로 자세하게 썼다.	5	
		·어느 나라의 문물인지 알고 나라명을 썼으나 그 지역에 관하여 자세하게 쓰지 못하였다.	3	
		·나라명만 썼다.	1	
		·나라명과 소개 글 모두 쓰지 못하였다.	0	

◉ 투각 형식의 섬세한 숟잔으로 유명한 삼국시대의 이 나라를 생각해 본다.

◯ (가)의 전성기 때의 영토 지도이다.

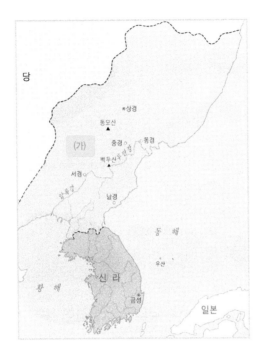

문제 1 (가)의 나라 이름을 쓰시오.

문제 2 (가) 지역에서 발견된 유물이나 일본에 보낸 외교문서 등에 나타난 역사적 의의를 세 가지 이상 써 보시오.

다음 채점 기준을 참고하여 답안을 작성하여 봅시다.

영역	문제	채점 기준	배점	내 점수
역사	1-2	·나라 이름을 알고 역사적 의의를 세 가지 이상 썼다.	5	
		·나라 이름을 알고 역사적 의의를 두 가지 썼다.	3	
		·나라 이름을 알고 역사적 의의를 한 가지 썼다.	1	
		·하나도 쓰지 못하였다.	0	

◎ 이 나라가 세워질 때 추구했던 내용이 무엇인지 생각해 본다.

◎ 이 나라가 만주지역에 세워져 우리에게 어떤 의미를 주었는지 생각해 본다.

○ 〈보기〉의 토론 주제를 살펴보고, 물음에 답하시오.

〈보기〉

몽골제국의 침략에 대비하여 고려는 수도를 옮기려 합니다. 당시 고려의 신하가 되어 왕에게 강화도로 수도를 옮길 것을 상소하려고 하였으나 다른 신하들은 몽고와 가장 멀리 떨어진 부산으로 옮기자고 합니다.

문제 1 위 주제에 대한 나의 생각과 그 이유를 정리하여 임금께 상소문을 써 보시오.

다음 채점 기준을 참고하여 답안을 작성하여 봅시다.

영역	문제	채점 기준	배점	내 점수
역사	1	·자기의 주장을 뒷받침할 수 있는 올바른 근거를 들어 상소문을 썼다.	5	
		·자기의 주장을 썼으나 올바른 근거를 제시하지 못하였다.	3	
		·답하지 못하였다.	0	

◎ 강화도의 지리적인 조건에 대해서 생각해 본다.

◎ 적군의 강점과 약점을 생각해 보고 최선의 방법을 선택해 본다.

문제 1 '손변의 재판 이야기'를 읽고 고려시대의 여성의 지위에 관하여 조선시대와 비교하여 쓰시오.

손변의 재판 이야기

　고려시대, 손변이라는 사람이 지방의 원님으로 있을 때이다. 어떤 남매가 재산문제로 재판을 해 달라고 청을 하였다. 남동생은 부모의 유산 중에 자신에게 남겨진 것은 검정 옷 한 벌, 검정 갓 하나, 미투리 한 켤레, 종이 한 권뿐이라며 억울하다고 하였다. 남동생은 딸과 아들이 다 같은 자식인데 왜 누님 혼자만 재산을 차지하느냐고 하소연하였다. 누이는 아버지가 세상을 떠날 때 자신에게 재산 전부를 주었다고 말하며 서로 양보하지 않았다.

　이야기를 들은 손변은 두 남매를 타일렀다.

　"부모의 마음은 어느 자식에게나 다 같은 법이다. 결혼한 딸에게만 많이 주고 어미도 없는 아들에게 인색하게 할 리가 없다. 그대들의 아버지는 앞을 내다보고 이런 생각을 했을 것이다. 만약 재산을 똑같이 나누어 주면 누나가 동생을 사랑하는 마음으로 돌보지 않을까 걱정해서 누나에게 재산을 다 주었고, 아들이 커서 어른이 되면 받을 유산으로 관가에 가서 재판을 하면 관가에서 잘 해결해 줄 것이라고 판단을 했을 것이다."

　손변의 이야기를 들은 남매는 부모의 마음을 깨닫고 서로 안고 울었다. 손변은 재산을 똑같이 남매에게 나누어 주었다.

....

....

....

....

....

....

....

....

....

 다음 채점 기준을 참고하여 답안을 작성하여 봅시다.

영역	문제	채점 기준	배점	내 점수
역사	1	·고려시대 여성의 지위를 조선시대와 비교하여 바르게 서술하였다.	5	
		·고려시대 여성의 지위를 바르게 서술하였으나 조선시대와 비교하지 못하였다.	3	
		·바르게 서술하지 못하였다.	0	

🔵 고려시대는 조선시대처럼 여성의 지위가 남자에게 속해 있지 않았다.

💬 고려시대에는 국가가 나서서 불교를 크게 발전시켰다.

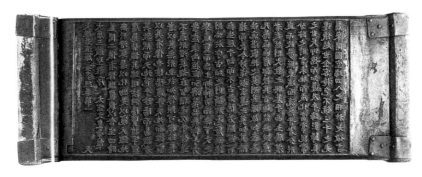

문제 1 사진의 고려시대 문화재가 무엇인지 쓰고, 고려가 불교를 발전시킨 이유를 서술하시오.

(1) 문화재 이름 :

(2) 고려가 불교를 발전시킨 이유 :

다음 채점 기준을 참고하여 답안을 작성하여 봅시다.

영역	문제	채점 기준	배점	내 점수
역사	1	·고려시대의 불교 문화재 이름을 쓰고 불교를 발전시킨 이유를 정확히 썼다.	5	
		·고려시대의 불교 문화재 이름을 썼으나 불교를 발전시킨 이유를 정확히 쓰지 못하였다.	3	
		·답을 바르게 쓰지 못하였다.	0	

◎ 고려시대에는 불교를 국가의 종교로 정하여 사회를 안정시키려 했다.

◎ 백성들의 마음을 하나로 모으는 것이 왕권을 강화하는 일이다.

◯ 〈보기〉는 고려 박물관에 전시되어 있는 문화재이다.

〈보기〉

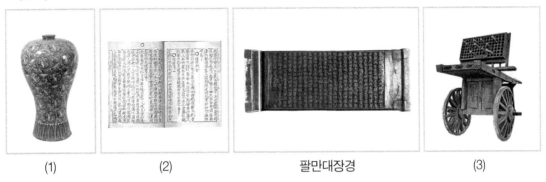

| (1) | (2) | 팔만대장경 | (3) |

문제 1 〈보기〉의 고려 문화재 이름과 우수성을 적어 보시오.

문화재명	우수성
(1)	
(2)	
팔만대장경	부처의 힘으로 몽골의 침략을 물리치기 위해 만든 것으로 목판에 부처님의 말씀을 새겼다.
(3)	

다음 채점 기준을 참고하여 답안을 작성하여 봅시다.

영역	문제	채점 기준	배점	내 점수
역사	1	·문화재 이름과 문화재의 우수성을 (1)~(3) 모두 서술하였다.	5	
		·문화재 이름과 문화재의 우수성을 (1)~(3) 중 두 가지 서술하였다.	3	
		·문화재 이름과 문화재의 우수성을 (1)~(3) 중 한 가지 서술하였다.	1	
		·문화재 이름과 문화재의 우수성이 모두 적지 못하였다.	0	

◎ 각각의 문화재의 우수성을 생각하여 순위를 정하여 보자.

○ 낱말 퍼즐을 보고 물음에 답하시오.

①②				
			④	
		③		

문제 1 가로열쇠와 세로열쇠를 이용하여 낱말 퍼즐을 완성하시오.

  🌫 가로열쇠
  ① 후삼국을 통일하고 왕건이 건국한 나라이다.
  ③ 서희, 강감찬의 활약으로 이 민족의 침입을 막아냈다.

  🌫 세로열쇠
  ② 삼국의 하나로 수렵도에는 말을 타며 사냥을 하는 이 민족의 기상이 나타난다.
  ④ 고려시대 대외무역의 중심지이다.

문제 2 ④에 들어갈 세로열쇠를 완성하시오.

문제 3 ①의 국가 초기의 왕권 강화 정책을 두 가지 설명하시오.

다음 채점 기준을 참고하여 답안을 작성하여 봅시다.

영역	문제	채점 기준	배점	내 점수
역사	1	·고려, 고구려, 거란족(각 1점씩)	3	
	2	·벽란도에 관한 바르게 설명하였다.	2	
	3	·고려 초기의 왕권강화 정책을 두 가지 바르게 제시하였다.	5	
		·고려 초기의 왕권강화 정책을 한 가지 바르게 제시하였다.	3	
		·고려 초기의 왕권강화 정책을 제시하지 못하였다.	0	

◎ 고려는 대외 무역이 발달하였으며 그 중심 항구가 벽란도였다.

◎ 왕건은 고려 건국 이후 왕권을 강화하기 위한 정책을 펼쳤다.

문제 1 대화를 읽고, 물음에 답하시오.

양반 : 자네는 나를 부러워할 걸세. 그러나 어려운 점도 많다네. 나는 어릴 때부터 매일 새벽에 일어나 책을 읽었다네. 아무리 더워도 버선을 신어야 하고, 아무리 추워도 짚불을 쬐어서는 안 되네. 걸음을 걸을 때는 천천히 위엄 있게 걸어야 한다네. 나는 가끔 자유롭게 행동하는 상민들이 부럽다네.

상민 : 저는 나리처럼 아침에 일어나 글을 읽어 보는 것이 소원입니다요. 세금을 내려면 열심히 농사를 지어야 하고, 전쟁이라도 나면 당연히 군대를 가야합니다요. 그래서 공부를 할 수도 없고 시켜주는 사람도 없지요. 그러나 어쩌겠습니까? 농사꾼 자식으로 태어났으니 농사꾼으로 만족하며 살 수밖에 없지요.

문제 1 위의 양반과 상민이 서로 부러워한 까닭과 관련하여 시대, 신분제도, 생활 모습으로 나누어 적어 보시오.

(1) 시대 :

(2) 신분제도 : (　　　　　), (　　　　　), (　　　　　), (　　　　　)

(3) 생활 모습 :

다음 채점 기준을 참고하여 답안을 작성하여 봅시다.

영역	문제	채점 기준	배점	내 점수
역사	1	·시대와 신분제도를 정확히 구분하고 양반과 상민의 생활이 다름을 설명하였다.	5	
		·시대와 신분제도를 정확히 구분하였으나 생활 모습에 대한 설명이 부정확하였다.	3	
		·서술하지 못하였다.	0	

⬤ 유교의 전통과 신분 질서는 조선시대 사람들의 생활 모습에 변화를 주었다.

문제 1 조선 시대의 양반과 상민의 생활 모습을 비교하여 차이점을 쓰시오.

	양반	상민
(1) 옷 차림		
(2) 주로 했던 일		
(3) 살았던 집		

다음 채점 기준을 참고하여 답안을 작성하여 봅시다.

영역	문제	채점 기준	배점	내 점수
역사	1	·양반과 상민의 생활 모습을 비교하여 (1) ~ (3) 모두 썼다.	5	
		·양반과 상민의 생활 모습을 비교하여 (1) ~ (3) 중 두 가지를 썼다.	3	
		·양반과 상민의 생활 모습을 비교하여 (1) ~ (3) 중 한 가지를 썼다.	1	
		·양반과 상민의 생활 모습을 비교하여 쓰지 못하였다.	0	

◉ 양반과 상민의 옷차림, 주로 했던 일, 살았던 집 등을 생각해 본다.

◉ 신분 제도에 따른 사람들의 생활 모습을 정리해 본다.

◯ 조선의 도성이 그려진 한양 지도이다.

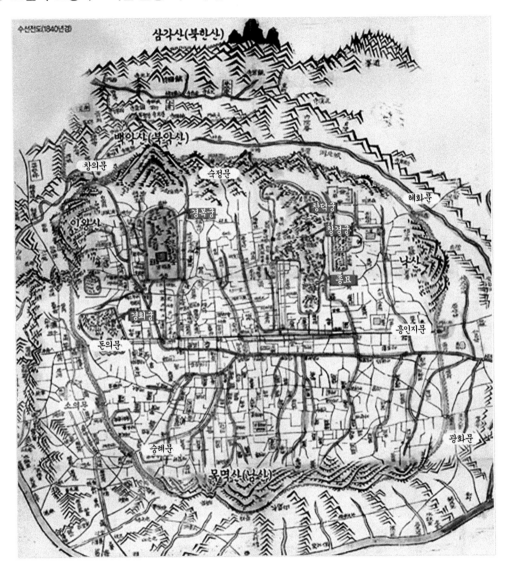

문제 1 지도를 보고, 이성계가 한양을 도읍지로 정한 까닭을 세 가지 쓰시오.

다음 채점 기준을 참고하여 답안을 작성하여 봅시다.

영역	문제	채점 기준	배점	내 점수
역사	1	·한양이 도읍지로 적합한 점 세 가지를 썼다.	5	
		·한양이 도읍지로 적합한 점 두 가지를 썼다.	3	
		·한양이 도읍지로 적합한 점 한 가지를 썼다.	1	
		·하나도 쓰지 못하였다.	0	

◉ 한반도 전체에서 한양의 위치를 확인해 본다.

◉ 지리적인 조건, 전쟁 방어적인 조건, 교통 조건 등을 확인한다.

💬 조선은 과학 기술을 발달시켜 다양한 과학 기구를 만들었다.

문제 1 과학 기술의 발달로 달라진 백성들의 모습을 추론하여 세 가지 이상 써 보시오.

다음 채점 기준을 참고하여 답안을 작성하여 봅시다.

영역	문제	채점 기준	배점	내 점수
역사	1	·과학 기구 사용으로 개선된 생활 모습 세 가지를 썼다.	5	
		·과학 기구 사용으로 개선된 생활 모습 두 가지를 썼다.	3	
		·과학 기구 사용으로 개선된 생활 모습 한 가지를 썼다.	1	
		·개선된 생활 모습을 하나도 쓰지 못하였다.	0	

고득점 **Tip**

◉ 새로운 과학 기술을 통해 만든 물건이 무엇을 위해 사용되었는지 생각해 본다.

◉ 과학 기술의 발달에 따라 바뀐 생활 모습을 생각해 본다.

💬 다음 그림들을 통해 조선의 생활 모습을 탐구하고자 하였다.

문제 1 어떤 탐구 주제가 좋을지 세 가지 이상 써 보시오.

다음 채점 기준을 참고하여 답안을 작성하여 봅시다.

영역	문제	채점 기준	배점	내 점수
역사	1	·그림과 연관되어 찾을 수 있는 알맞은 탐구 주제 세 가지를 썼다.	5	
		·그림과 연관되어 찾을 수 있는 알맞은 탐구 주제 두 가지를 썼다.	3	
		·그림과 연관되어 찾을 수 있는 알맞은 탐구 주제 한 가지를 썼다.	1	
		·알맞은 탐구 주제를 하나도 쓰지 못하였다.	0	

고득점 Tip

❀ 당시의 생활 모습을 나타낸 풍속화를 보고 어떤 것을 나타내고자 했는지 생각해 본다.

❀ 그림에 나와 있는 사람들의 모습 하나 하나에 의미를 부여해 본다.

○ 임진왜란 전 통신사로 일본에 갔던 황윤길과 김성일에 관한 글이다.

1591년 3월 귀국한 통신사 일행은 곧바로 결과를 보고하였다. 이 자리에서 황윤길은 '도요토미 히데요시는 담력이 있고 안광이 빛나 보인다.'며 침략 가능성을 강하게 시사했고, 김성일은 '도요토미 히데요시는 서목(쥐새끼의 눈)으로 두려워 할 존재가 아니다.'라고 보고하였다. 김성일은 '일찍부터 두려워할 것은 천명과 인심이요. 섬 오랑캐를 두려워 할 것이 없다.'는 논리를 시종일관 견지하였다. 그러나 결국 임진왜란은 현실로 나타나 두고두고 비판을 받았다.

문제 1 여러분이 황윤길이 되어서 좀 더 적극적으로 선조에게 전쟁에 대비해 준비를 하여야 한다고 주장하는 상소문을 써 보시오.(두 가지 이상 이유 제시)

다음 채점 기준을 참고하여 답안을 작성하여 봅시다.

영역	문제	채점 기준	배점	내 점수
역사	1	·두 가지의 타당한 이유를 들어 주장하는 글을 썼다.	5	
		·한 가지의 타당한 이유를 들어 주장하는 글을 썼다.	3	
		·명확한 이유를 들지 못하고 주장을 하는 글을 잘 쓰지 못하였다.	0	

고득점 **Tip**

❋ 임진왜란이 일어나기 전 일본은 네덜란드와 교류하여 신무기를 많이 받아 들였다.

❋ 임진왜란이 일어나기 전 조선은 너무 긴 태평성대로 정체되어 있는 사회였다.

○ 다음 시조는 고려 말 정몽주와 이방원이 주고 받은 시이다.

    고려 말, 고려 왕조를 멸망시키고 이성계를 왕으로 세우려던 이방원은 백성들의 존경을 받고 있는 정몽주를 자기편으로 끌어들이고 싶었다. 그래서 고려의 충신인 정몽주를 빨리 죽여야 한다는 주변 사람들의 말을 물리치고 정몽주를 만난다. 이방원은 정몽주의 마음을 떠보기 위해 시 한 수를 읊었다.

> "이런들 어떠하며 저런들 어떠하리
> 만수산 드렁칡이 얽혀진들 그 어떠하리
> 우리도 이같이 얽혀져 백 년까지 누리리라."
>
> _하여가

    그 시를 들은 정몽주는 술 한 잔을 받아들고 빙그레 웃었다. 그리고 고려 멸망을 앞둔 자신의 심정을 노래함으로써 이방원의 유혹을 뿌리쳤다.

> "이 몸이 죽고 죽어 일백 번 고쳐 죽어
> 백골이 진토되어 넋이라도 있고 없고
> 임 향한 일편단심이야 가실 줄이 있으랴."
>
> _단심가

    정몽주의 시를 들은 이방원은 조용히 눈을 감았다. 그의 뜻을 절대로 꺾을 수 없음을 깨달았다. 그리고 안타깝지만 조선 개국에 동참하지 않는 그를 없앨 수밖에 없다고 생각한 것이다.

문제 1 고려 말 정몽주의 판단에 대하여 나의 생각과 그 이유를 쓰시오.

 다음 채점 기준을 참고하여 답안을 작성하여 봅시다.

영역	문제	채점 기준	배점	내 점수
역사	1	·자신의 생각과 그 이유를 타당하게 썼다.	5	
		·자신의 생각을 썼으나 그 이유를 잘 설명하지 못하였다.	3	
		·자신의 생각과 그 이유 모두 쓰지 못하였다.	0	

◉ 정몽주의 시에 나와 있는 속뜻이 무엇인지 생각해 본다.

◉ 고려 말의 사회 혼란과 이를 극복하려는 모습을 생각해 본다.

💬 **한글 창제 전후의 조선시대 상황을 나타낸 것이다.**

　조선시대 한글이 창제되기 전에는 귀족들만 문자생활을 했을 뿐 보통 백성들은 한자가 어려워 사용하지 못하였다. 이에 세종대왕은 '백성을 가르치는 바른 소리'라는 뜻을 가진 훈민정음을 만들어 반포하게 되었다.

문제 1 훈민정음 창제는 조선 사회에 어떤 영향을 주었는지 세 가지로 써 보시오.

다음 채점 기준을 참고하여 답안을 작성하여 봅시다.

영역	문제	채점 기준	배점	내 점수
역사	1	·훈민정음 창제가 조선 사회에 끼친 영향을 세 가지 이상 썼다.	5	
		·훈민정음 창제가 조선 사회에 끼친 영향을 두 가지 썼다.	3	
		·훈민정음 창제가 조선 사회에 끼친 영향을 한 가지 썼다.	1	
		·하나도 쓰지 못하였다.	0	

◉ 세종대왕이 훈민정음을 반포하게 된 까닭이 무엇인지 생각해 본다.

◉ 훈민정음 반포 후 우리 사회에 어떤 문화적 변화가 있었는지 생각해 본다.

○ 고려 말에 조정에서 있었던 일을 상황극으로 만든 것이다.

최영 : 요동 지방은 압록강을 넘어 중국으로 가는 길목으로 옛날부터 군사상 매우 중요한 곳입니다. 군대를 위화도로 보내 요동을 되찾아 와야 합니다. 명이 철령 이북의 땅을 자신들의 소유라고 우기고 있으니 당장 명나라를 쳐서 요동을 차지해야 합니다.

이성계 : 그러나 지금은 원이 몰락하고 명이 세력을 키워가고 있습니다. 지금 저 큰 명나라와 더위 속에서 전쟁을 벌이는 것은 무리가 있습니다. 명나라와의 전쟁을 포기하고 명의 주장을 들어주어야 합니다. 지금은 왜구도 방심할 수 없는 상황입니다.

문제 1 내가 만약 이성계이었다면 어떤 선택을 하였을지 근거를 들어 두 가지 써 보시오.

다음 채점 기준을 참고하여 답안을 작성하여 봅시다.

영역	문제	채점 기준	배점	내 점수
역사	1	·자신의 주장을 쓰고 합리적인 근거 두 가지 이상 썼다.	5	
		·자신의 주장을 쓰고 합리적인 근거 한 가지를 썼다.	3	
		·자신의 주장과 이유를 쓰지 못하였다.	0	

◉ 합리적인 선택을 하기 위해서 주변국 정세를 생각해 본다.

◉ 날씨가 전쟁에 미치는 영향을 생각해 본다.

💬 **다음 글을 읽고 물음에 답하시오.**

병자호란이 끝난 뒤, 조선은 청나라와 신하와 임금의 관계를 맺고, 소현세자와 봉림대군을 비롯하여 많은 사람들을 청나라에 인질로 보냈다. 이후 조선에서는 명나라와의 의리를 지키고 병자호란의 치욕을 갚기 위하여 청나라와 전쟁을 해야 한다고 주장하는 사람들이 생겨났다. 한편 소현세자는 청나라가 서양의 문물을 받아들여 발전하는 모습을 보면서, 청나라를 업신여기기보다는 나라의 힘을 기르는 것이 우선이라고 생각하였다. 하지만 인조의 뒤를 이어 왕이 된 봉림대군(효종)은 병자호란의 치욕을 갚자며 북벌 정책을 추진하였다. 이를 위하여 성과 무기를 새롭게 정비하고 군사력을 키우는 등 전쟁 준비를 하였으나 실천으로 옮기지 못하였다.

문제 1 만일 효종이 아닌 소현세자가 왕이 되었다면 어떤 일이 생겼을지 그 결과를 예상하고 그렇게 생각한 까닭도 쓰시오.

다음 채점 기준을 참고하여 답안을 작성하여 봅시다.

영역	문제	채점 기준	배점	내 점수
역사	1	·자신이 예상한 결과를 논리적으로 근거를 들어 잘 설명하였다.	5	
		·자신이 예상한 결과를 썼지만, 근거가 미흡하다.	3	
		·자신만의 예상 결과를 제시하지 못하였다.	0	

◉ 청나라는 서양의 문물을 받아들여 점점 힘이 커지는 나라였다.

◉ 명분보다는 실리를 따져 본다.

○ 그림의 일화와 자료를 통해 정조의 성품과 아울러 임진왜란과 병자호란 후 사회 변화를 짐작해 볼 수 있다.

▲ 환어행렬도 중 일부분

정조가 화성 행차 후 서울로 되돌아오는 모습을 그린 〈환어행렬도〉에는 행차 인원과 함께 수많은 백성들이 임금의 행차를 자유롭게 구경하고 있음을 볼 수 있다. 또한, 정조는 행차를 통해 일반 백성과 직접 대화를 나누며 그들의 여론에 귀를 기울이고 백성의 억울함을 해결해 주고자 하였다.

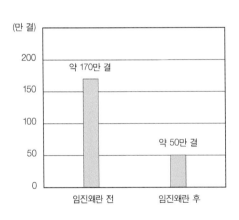

▲ 토지의 변화

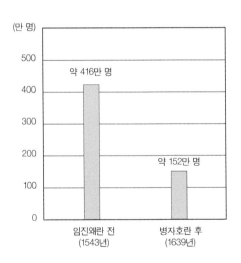

▲ 인구의 변화

문제 1 자료를 바탕으로 정조는 조선의 사회 발전을 위하여 어떠한 노력을 기울였는지 두 가지 이상 쓰시오.

 다음 채점 기준을 참고하여 답안을 작성하여 봅시다.

영역	문제	채점 기준	배점	내 점수
역사	1	·양란 이후 조선의 사회 변화를 바르게 서술하고 정조가 한 일을 두 가지 이상 썼다.	5	
		·양란 이후 조선의 사회 변화를 바르게 서술하고 정조가 한 일을 한 가지 썼다.	3	
		·양란 이후 정세를 이해하지 못하였으며 정조가 한 일을 쓰지 못하였다.	0	

고득점 Tip

◉ 그림 속 정조는 매우 온화하고 자애로운 성품이었음을 미루어 짐작할 수 있다.

◉ 양란 이후 조선의 인구와 토지 면적이 급감했음을 그래프를 통해 이해하고 이러한 사회의 어려움을 극복하기 위한 정책을 추론하도록 한다.

○ 사진은 조선시대에 널리 쓰인 화폐와 조선시대 그릇 시장의 모습을 담고 있다.

문제 1 화폐의 이름을 쓰시오.

문제 2 당시 조선의 경제 생활의 변화와 관련지어 위 화폐가 널리 쓰이게 된 이유를 세 가지 이상 쓰시오.

다음 채점 기준을 참고하여 답안을 작성하여 봅시다.

영역	문제	채점 기준	배점	내 점수
역사	1	·상평통보의 이름을 정확히 썼다.	2	
		·상평통보의 이름을 적지 못하였다.	0	
	2	·조선시대 경제 생활에서 화폐가 널리 쓰인 이유를 세 가지 이상 자세하게 서술하였다.	5	
		·조선시대 경제 생활에서 화폐가 널리 쓰인 이유를 두 가지 자세하게 서술하였다.	3	
		·조선시대 경제 생활에서 화폐가 널리 쓰인 이유를 한 가지 자세하게 서술하였다.	1	
		·화폐가 널리 쓰인 이유를 올바르게 서술하지 못하였다.	0	

◉ 사진을 통하여 조선시대 장이 발달하였다는 사실에 주목해 보게 한다.

◉ 장이 발달함에 따라 상인의 수와 거래량이 증가했음을 짐작하도록 한다.

○ 조선시대 사회를 풍자한 박지원의 〈양반전〉의 줄거리 일부와 자료들이다.

　　정선 고을에 책 읽기를 좋아하는 양반이 살았다. 그 고을에 새로 오는 군수는 그 집을 찾아가 인사를 올렸다. 그런데 그 양반은 몹시 가난하여 여러 해 동안 고을 관청에서 곡식을 꾸어다 생활했고, 그렇게 먹은 곡식이 천석이나 되었다. 어느 날 고을 관찰사가 그 사실을 알게 되었고, 양반은 뾰족한 수가 없어 밤낮으로 울기만 했다. 이 소식을 들은 마을의 한 부자는 식구들과 함께 의논한 후 양반의 빚을 갚아 주고 양반을 사기로 했다. 부자가 양반을 찾아가 자신의 생각을 말하자 양반은 망설임 없이 부자가 하자는 대로 양반을 팔았다. 마을 군수는 이 사실을 알고 두 사람이 사고 판 내용을 문서로 만들자고 했다. 문서의 내용에는 양반이 지켜야 할 일이 자세히 적혀 있었다. 언제나 새벽 일찍 일어나기, 어려운 책을 줄줄 읊기, 굶주림과 추위도 말없이 견디기, 요란하게 세수하지 않기, 신을 끌지 않고 걷기, 옛날 책 문장을 한 줄에 백 자씩 옮겨 적기, 더워도 버선 벗지 않기, 물 등을 마실 때 꿀꺽 소리 내지 않기 등 온갖 내용이 적혀 있었다. 당황한 부자는 양반이 되면 좋은 점을 물었다. 그러자 마을 군수는 양반이 멋대로 주변 사람들을 괴롭히면서 살아갈 수 있는 일을 적어 주었다. 이를 들은 부자는 고개를 절레절레 흔들면서 죽을 때까지 다시는 '양반'이라는 말을 꺼내지 않았다.

▲ 김홍도의 〈자리 짜기〉

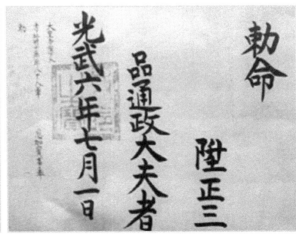
▲ 공명첩

문제 1 김홍도의 자리짜기 그림속 책을 읽는 어린 아이가 되어 일기형식으로 〈양반전〉
이야기를 새롭게 창작하시오.

다음 채점 기준을 참고하여 답안을 작성하여 봅시다.

영역	문제	채점 기준	배점	내 점수
역사	1	·조선후기 양반의 모습을 소설, 그림, 유물 속에서 찾아 이야기로 창작하였다.	5	
		·조선후기 양반의 모습을 소설, 그림, 유물 속에서 찾아 이야기로 창작하였으나 내용이 미흡하다.	3	
		·이야기를 창작하지 못하였다.	0	

◉ 조선시대 '공명첩'은 양반을 사고 팔았던 문서였음을 인식하도록 한다.

◉ 김홍도의 〈자리짜기〉 그림의 세 사람 중 아버지는 탕건을 쓰고 있고 아들은 글공부를 하고 있는 것으로 보아 상인이라기 보다 양반 가족임을 이해하고 양반이 살림살이가 어려워 일을 하기도 했음을 추측할 수 있다.

◯ '예기'라는 책에 나오는 '삼종지도'에 관한 내용이다.

三 석 삼, 從 따를 종, 之 어조사 지, 道 도리 도.

봉건시대, 여자가 지켜야 할 세 가지 도리.

곧 어려서는 아버지를 좇고, 시집가서는 남편을 좇고, 남편이 죽어서는 아들을 좇음.

예기에 나오는 말로서, 여자는 세 가지 좇는 길이 있으니,

집에서는 아비를 좇고,

남에게 시집가서는 남편을 좇고,

남편이 죽으면 아들을 좇는다는 뜻이다.

즉, 여자는 시집가기 전 집에 있을 때는 아버지의 명령과 지시에 따라야 하고, 남의 집으로 시집을 가게 되면 남편의 의사와 처리에 순종해야 하고, 남편이 죽은 뒤에는 아들에게 모든 것을 맡겨야 한다는 뜻이다. 결국 여자는 평생 자기 뜻을 고집해서는 안 된다는 이야기다.

문제 1 조선후기 여인이 되어 조건에 맞게 가상 일기를 써 보시오.

〈조건〉

• 신분과 나이는 자유롭게 정해 보시오.

• 신분에 따라 했던 일을 알아보고 그 일을 중심으로 일기를 구성해 보시오.

📌 날짜 : 정조 5년   월   일

📌 제목 :

다음 채점 기준을 참고하여 답안을 작성하여 봅시다.

영역	문제	채점 기준	배점	내 점수
역사	1	·'삼종지도'라는 고사성어의 뜻을 통해 조선후기 여성의 억압된 사회 모습을 이해하여 가상일기로 나타내었다.	5	
		·가상일기를 썼으나 조선후기 여성의 모습이 구체적으로 드러나 있지 않다.	3	
		·조선후기 여성의 모습을 가상일기로 나타내지 못하였다.	0	

◉ 여성은 남성을 따라야 하는 존재로 보았기 때문에 여성의 권리를 억압했을 거라고 예상할 수 있다.

◉ 여성의 삶은 자유롭지 못했을 것이며 재주가 있어도 뜻을 펼치기 쉽지 않았을 것이다.

○ **다음의 시대적 상황을 읽고 물음에 답하시오.**

광복 이후 새로운 정부 수립과 관련하여 혼란스러운 상황이 계속되자 미국은 국제 연합을 통해 남한 주민들이 자유롭게 총선거를 실시하여 정부를 수립한다는 안을 결정하였다. 이 때 정부 수립에 대하여 이승만과 김구의 입장 차이가 있었다.

문제 1 가상 대담에서 김구 선생이 했을 말로 적절한 내용을 세 문장 이상으로 써 보시오.

👎 이승만 : 북한과의 협상을 지속하여 통일 정부를 수립하는 것은 아무리 학수고대 하더라도 뜻을 이루기가 어렵습니다. 따라서 선거가 가능한 남한만이라도 총선거를 실시하여 정부를 수립하는 것이 지금의 혼란을 막는 현실적인 대안이라고 생각합니다.

👎 김 구 :

다음 채점 기준을 참고하여 답안을 작성하여 봅시다.

영역	문제	채점 기준	배점	내 점수
역사	1	·김구 선생의 입장과 생각을 세 문장 이상으로 정확하게 작성하였다.	5	
		·김구 선생의 입장과 생각을 1~2문장으로 정확하게 작성하였다.	3	
		·김구 선생의 생각을 전혀 쓰지 못했거나 김구 선생의 생각으로 맞지 않다.	0	

🔵 김구 선생은 두 개의 정부가 아닌 하나의 정부 수립을 희망하였다.

science

과학

5학년 과학

01. 지구와 달의 모양 관찰하기   [1학기] I. 지구와 달

💬 다음 사진을 보고 물음에 답하시오.

문제 1 지구와 달에서 관찰할 수 있는 것을 쓰시오.

지구에서 관찰할 수 있는 것	달에서 관찰할 수 있는 것

문제 2 지구와 달의 공통점과 차이점을 각각 하나씩 쓰시오.

지구와 달의 공통점	지구와 달의 차이점

 다음 채점 기준을 참고하여 답안을 작성하여 봅시다.

영역	문제	채점 기준	배점	내 점수
지구와 우주	1-2	·지구와 달의 공통점과 차이점을 정확하게 구별하여 설명할 수 있다.	5	
		·지구와 달의 공통점과 차이점을 일부분 타당하게 구별하여 설명할 수 있다.	3	
		·지구와 달의 공통점과 차이점을 타당하게 구별하여 설명하지 못한다.	1	

고득점 Tip

◉ 지구와 달의 사진에서 보여 지는 특징을 생각하며 답안을 작성한다.

◉ 사진에서 보듯 지구에서는 구름과 바다가 보이고 있고, 달은 없다는 데 중점을 두고 살피며 답안을 작성한다.

💬 다음 그림을 보고 물음에 답하시오.

문제 1 지구가 둥글다는 사실을 위 그림을 가지고 설명해 보시오.

 다음 채점 기준을 참고하여 답안을 작성하여 봅시다.

영역	문제	채점 기준	배점	내 점수
지구와 우주	1	·종이배의 모습이 사라져가는 내용을 지구의 모양과 관련지어 타당하게 설명하고 있다.	5	
		·종이배의 모습이 사라져가는 내용을 지구의 모양과 관련지어 일부분 타당하게 설명하고 있다.	3	
		·종이배의 모습이 사라져가는 내용을 지구의 모양과 관련지어 타당하게 설명하지 못한다.	1	

고득점 Tip

◉ 종이배가 농구공 위에서 점차 사라져가는 모습을 평면에서 멀어져 갈 때의 모습과 비교해서 생각하며 답안을 작성한다.

03. 우주에서 생물이 살아가는 데 필요한 요소 제시하기
[1학기] I. 지구와 달

◯ 다음 글을 읽고 물음에 답하시오.

　우주정거장 상황실에 빨간 불이 켜졌다. 우주선 외부 덮개에 문제가 있어 경고등이 울린 것이다. 재빨리 우주선 바깥으로 나가 덮개를 살펴야 한다. 총 사령관은 서둘러 대원 한 명을 출동시켰다.

문제 1 우주 바깥으로 나가는 대원은 어떤 장비가 필요할까? 그리고 그 장비가 필요한 이유는 무엇일까? 두 가지 이상 쓰시오.

필요한 장비 이름	장비가 필요한 까닭

과학 193

다음 채점 기준을 참고하여 답안을 작성하여 봅시다.

영역	문제	채점 기준	배점	내 점수
지구와 우주	1	·우주에서 생물이 살기 위해 필요한 장비와 그 장비가 필요한 이유를 두 가지 이상 타당하게 제시한다.	5	
		·우주에서 생물이 살기 위해 필요한 장비와 그 장비가 필요한 이유를 한 가지 이내로 타당하게 제시한다.	3	
		·우주에서 생물이 살기 위해 필요한 장비와 그 장비가 필요한 이유를 타당하게 제시하지 못한다.	1	

◎ 우리가 살아가는 데 가장 필요한 요소가 무엇인지 생각하고 답안을 작성한다.

◎ 환경이 우주라는 점에 초점을 두고 우주에서 살아남기 위해 필요한 요소가 무엇인지 생각하며 답안을 작성한다.

💬 **다음 글을 읽고 물음에 답하시오.**

유진 : 준태야. 우리가 사는 지구는 매일매일 돌고 있대.

준태 : 지구가 돈다고? 그럼 우리가 어지러워야 하는데 그렇지 않잖아. 지구는 돌지
　　　않는게 틀림없어.

유진 : 아니야. 지구가 돌기 때문에 생기는 일이 얼마나 많은데.

준태 : 어떤 일이 있는데?

문제 1 여러분이라면 지구가 매일 돌고 있다는 근거로 어떤 것을 제시할지 쓰시오.

 다음 채점 기준을 참고하여 답안을 작성하여 봅시다.

영역	문제	채점 기준	배점	내 점수
지구와 우주	1	·지구가 자전하고 있다는 근거를 타당하게 제시한다.	5	
		·지구가 자전하고 있다는 근거를 일부분 타당하게 제시한다.	3	
		·지구가 자전하고 있다는 근거를 타당하게 제시하지 못한다.	1	

● 지구가 돌면서 생기는 현상으로 우리들이 하루 동안 시간이 지나면서 어떤 변화가 있는지 생각하며
답안을 작성한다.

● 밤하늘 별들이 모습이 어떻게 변하는 지 모습을 생각하며 답안을 작성한다.

💬 다음 글을 읽고 물음에 답하시오.

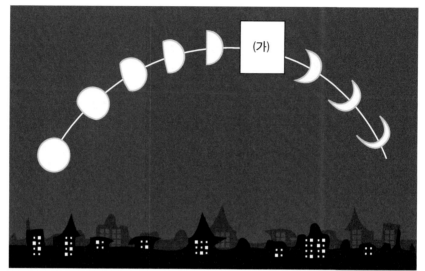

▲ 한 달 동안 저녁에 보이는 달의 모양과 변화

문제 1 위 그림에서 (가)에 알맞은 달의 모양을 그리시오.

문제 2 여러 날 동안 관찰한 달의 모양과 위치가 바뀌는 까닭은 무엇인지 쓰시오.

다음 채점 기준을 참고하여 답안을 작성하여 봅시다.

영역	문제	채점 기준	배점	내 점수
지구와 우주	1-2	·날짜 별로 달라지는 달의 모습과 달의 모양이 바뀌는 이유를 정확하게 설명하고 있다.	5	
		·날짜 별로 달라지는 달의 모습과 달의 모양이 바뀌는 이유를 일부분 타당하게 설명하고 있다.	3	
		·날짜 별로 달라지는 달의 모습과 달의 모양이 바뀌는 이유를 설명하지 못하고 있다.	1	

◉ 지구와 달의 관계를 이해하면서 답안을 작성한다.

◉ 지구도 태양 주위를 공전하고 있다는 사실을 생각하며 답안을 작성한다.

◯ 다음 그림을 보고 물음에 답하시오.

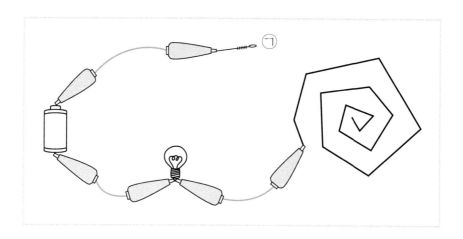

문제 1 회로도 한쪽 끝 ㉠을 구불구불하게 만든 고리 사이길을 통과시킬 때 전구에 불이 켜지는 이유를 쓰시오.

다음 채점 기준을 참고하여 답안을 작성하여 봅시다.

영역	문제	채점 기준	배점	내 점수
운동과 에너지	1	·전구에 불이 켜지는 이유를 철사는 전기가 통하기 때문이란 내용으로 정확하게 설명하고 있다.	5	
		·전구에 불이 켜지는 이유를 철사는 전기가 통하기 때문이란 내용으로 일부분 정확하게 설명하고 있다.	3	
		·전구에 불이 켜지는 이유를 철사는 전기가 통하기 때문이란 내용으로 제대로 설명하지 못하고 있다.	1	

◉ 전기가 통할 때의 조건을 생각하며 답안을 작성한다.

◉ 전기가 통하는 물질의 종류를 생각하며 답안을 작성한다.

문제 1 다음 건전지에 전선과 전구를 연결하여 전구에 불이 켜지도록 그림을 그려보시오.

문제 2 전구에 불이 들어오게 하는 방법을 설명하시오.

다음 채점 기준을 참고하여 답안을 작성하여 봅시다.

영역	문제	채점 기준	배점	내 점수
운동과 에너지	1-2	·건전지, 전선, 전구가 전기가 통하도록 정확하게 연결한다.	5	
		·건전지, 전선, 전구가 전기가 통하도록 정확하게 연결하지 못한다.	1	

◉ 전기가 통하기 위해서는 건전지의 +극과 −극을 연결하여야 함을 생각하고 답안을 작성한다.

◉ 건전지의 양쪽 끝에 전선을 연결하고 전선 사이에 전구를 배치한다.

문제 1 다음 그림을 보고 전지의 연결 방법을 설명하고 그 특징을 하나만 쓰시오.

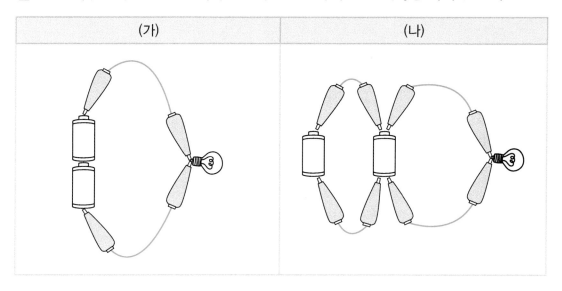

구분	연결 방법	특징
(가)		
(나)		

다음 채점 기준을 참고하여 답안을 작성하여 봅시다.

영역	문제	채점 기준	배점	내 점수
운동과 에너지	1	·전지의 연결 방법과 그 특징을 정확하게 설명하고 있다.	5	
		·전지의 연결 방법과 그 특징을 일부분 정확하게 설명하고 있다.	3	
		·전지의 연결 방법과 그 특징을 설명하지 못한다.	1	

◉ 전지의 연결 방법의 종류를 생각하며 답안을 작성한다.

◉ 전지의 연결 방법에 따른 전구의 밝기, 전지의 사용 기간 등을 생각하며 답안을 작성한다.

문제 1 다음 나무 모양을 보고 땅속의 뿌리 모양과 뻗어 있는 정도를 예상하여 그려보시오.

땅 경계선

문제 2 뿌리의 모양을 어떻게 상상하며 그렸는지 설명하여 보시오.

다음 채점 기준을 참고하여 답안을 작성하여 봅시다.

영역	문제	채점 기준	배점	내 점수
생명	1-2	·뿌리의 모양은 나무 크기에 비례하며 나무 모양에 따라 달라진다는 내용을 타당하게 제시한다.	5	
		·뿌리의 모양은 나무 크기에 비례하며 나무 모양에 따라 달라진다는 내용을 일부분 타당하게 제시한다.	3	
		·뿌리의 모양은 나무 크기에 비례하며 나무 모양에 따라 달라진다는 내용을 타당하게 제시하지 못한다.	1	

◉ 뿌리의 모양은 나무의 모양과 크기에 영향을 미친다는 점에 유의한다.

◉ 뿌리가 크고 깊게 뻗을수록 나무가 튼튼하게 버틸 수 있다는 점에 유의하여 답안을 작성한다.

💬 다음 대화를 읽고 물음에 답하시오.

아들 : 엄마! 이 나무 이름이 뭐에요?

엄마 : 바오밥 나무란다.

아들 : 그런데 바오밥 나무는 왜 이렇게 나무줄기가 굵고 커요?

엄마 : 그건 말이지.

문제 1 엄마는 아들에게 뭐라고 설명했을까? 상상하여 쓰시오.

다음 채점 기준을 참고하여 답안을 작성하여 봅시다.

영역	문제	채점 기준	배점	내 점수
생명	1	·바오밥 나무가 살고 있는 환경을 제시하며 타당하게 설명한다.	5	
		·바오밥 나무가 살고 있는 환경을 제시하며 일부분 타당하게 설명한다.	3	
		·바오밥 나무가 살고 있는 환경과 상관없이 타당하게 설명하지 못한다.	1	

◎ 바오밥 나무가 살고 있는 환경에 유의하며 답안을 작성한다.

◎ 바오밥 나무의 줄기에 무엇이 들어있을지 생각하며 답안을 작성한다.

◯ 다음 글을 읽고 물음에 답하시오.

어느 날 미경이 할아버지 감자밭에 산에 살고 있는 고라니가 내려와 감자 잎을 거의 먹어 버렸습니다. 할아버지는 감자가 채 익기도 전에 잎이 없어졌으니 올해 농사는 망쳤다며 크게 실망하셨습니다.

미경이는 감자 잎을 고라니가 따먹어도 감자는 땅속에 있으니 다음 달에 감자를 캐면 되지 않겠냐고 할아버지께 말씀드렸습니다. 그러자 할아버지께서는 미경이의 말을 듣고 다음과 같이 설명하셨습니다.

문제 1 할아버지는 미경이에게 뭐라고 설명해 주셨을까?

다음 채점 기준을 참고하여 답안을 작성하여 봅시다.

영역	문제	채점 기준	배점	내 점수
생명	1	·식물의 영양분은 식물의 잎에서 만들어져 저장된다는 내용을 타당하게 설명한다.	5	
		·식물의 영양분은 식물의 잎에서 만들어져 저장된다는 내용을 일부분 타당하게 설명한다.	3	
		·식물의 영양분은 식물의 잎에서 만들어져 저장된다는 내용을 설명하지 못한다.	1	

◉ 식물의 광합성작용을 생각하며 답안을 작성한다.

◉ 식물의 영양분은 식물의 잎을 통해 광합성작용을 하면서 만들어진다는 내용을 생각하며 답안을 작성한다.

문제 1 꽃이 하는 일을 쓰시오.

문제 2 아인슈타인은 왜 "꿀벌이 사라지면 인간도 멸망한다."는 말을 하였을까요? 꽃의 기능에 초점을 두고 설명하여 보시오.

다음 채점 기준을 참고하여 답안을 작성하여 봅시다.

영역	문제	채점 기준	배점	내 점수
생명	1-2	·꽃의 기능과 꿀벌이 사라지면 인류가 멸망하는 이유를 타당하게 설명한다.	5	
		·꽃의 기능과 꿀벌이 사라지면 인류가 멸망하는 이유를 일부분 타당하게 설명한다.	3	
		·꽃의 기능과 꿀벌이 사라지면 인류가 멸망하는 이유를 설명하지 못한다.	1	

◉ 꽃과 꿀벌이 하는 일을 생각하며 답안을 작성한다.

◉ 많은 식물은 꽃을 피우고 열매를 맺어 우리 인류에게 식량을 제공하고 있다는 사실에 유의하면서 답안을 작성한다.

💬 다음은 물에 사는 작은 생물들이다.

> 플라나리아, 해캄, 물벼룩, 장구벌레, 우렁이, 다슬기

문제 1 위에 제시한 작은 생물이 살아가는 환경 특징을 두 가지 이상 쓰시오.

 다음 채점 기준을 참고하여 답안을 작성하여 봅시다.

영역	문제	채점 기준	배점	내 점수
생명	1	·물에 사는 작은 생물이 살아가는 환경 특징을 두 가지 이상 타당하게 제시한다.	5	
		·물에 사는 작은 생물이 살아가는 환경 특징을 한 가지 이내로 타당하게 제시한다.	3	
		·물에 사는 작은 생물이 살아가는 환경 특징을 제시하지 못한다.	1	

고득점 **Tip**

◎ 작은 생물이 주로 발견되는 장소를 생각하며 답안을 작성한다.

◎ 작은 생물이 살고 있는 물의 상태나 물의 흐름을 생각하며 답안을 작성한다.

14. 땅에 사는 작은 생물이 살아가는 환경 특징 제시하기 [1학기] 4. 작은 생물의 세계

○ 다음은 땅에 사는 작은 생물들이다.

개미, 굼벵이, 우산이끼, 솔이끼, 땅강아지, 버섯

문제 1 위에 제시한 작은 생물이 살아가는 환경 특징을 두 가지 정도 쓰시오.

 다음 채점 기준을 참고하여 답안을 작성하여 봅시다.

영역	문제	채점 기준	배점	내 점수
생명	1	· 땅에 사는 작은 생물이 살아가는 환경 특징을 두 가지 이상 타당하게 제시한다.	5	
		· 땅에 사는 작은 생물이 살아가는 환경 특징을 한 가지 이내로 타당하게 제시한다.	3	
		· 땅에 사는 작은 생물이 살아가는 환경 특징을 제시하지 못한다.	1	

◉ 작은 생물이 주로 발견되는 장소를 생각하며 답안을 작성한다.

◉ 작은 생물이 살고 있는 땅의 상태나 발견되는 주변 환경을 생각하며 답안을 작성한다.

◯ 다음 글을 읽고 물음에 답하시오.

> 지연 : 오늘 급식 반찬에 나온 김치가 참 맛있네.
> 순구 : 너 그거 아니? 김치에 작은 생물이 살고 있다는 사실말야.
> 지연 : 무슨 소리야? 김치에 작은 생물이 살고 있다니?
> 순구 : 김치에는 유산균이라고 하는 우리 몸에 좋은 작은 생물이 살고 있대.

문제 1 우리 몸에 좋은 작은 생물이 살고 있는 음식에는 어떤 것이 있는지 두 가지 이상 쓰시오.

◦ _____

◦ _____

문제 2 음식에 들어 있는 작은 생물 이외에 우리 생활에 도움을 주는 작은 생물을 하나만 골라 이름을 쓰고 어떤 도움을 주는지 설명하시오.

작은 생물 이름	우리에게 도움을 주는 내용

다음 채점 기준을 참고하여 답안을 작성하여 봅시다.

영역	문제	채점 기준	배점	내 점수
생명	1-2	·우리 몸에 좋은 음식 이름을 두 가지 이상 제시하고 작은 생물이 우리 생활에 주는 도움에 대해 타당하게 설명하고 있다.	5	
		·우리 몸에 좋은 음식 이름을 한 가지 이내 제시하고 작은 생물이 우리 생활에 주는 도움에 대해 일부분 타당하게 설명하고 있다.	3	
		·우리 몸에 좋은 음식 이름과 작은 생물이 우리 생활에 주는 도움에 대해 타당하게 설명하지 못하고 있다.	1	

고득점 Tip

◎ 우리가 먹는 발효식품의 종류를 생각하며 답안을 작성한다. 발효식품의 대부분은 우리 몸에 좋은 균이 들어가 있기 때문이다.

◎ 우리 주변에서 살고 있는 농사나 환경을 지키는 데 도움을 주는 생물을 생각하며 답안을 작성한다.

문제 1 다음은 우리 몸을 구성하는 뼈의 종류이다. 각각의 뼈가 하는 일을 쓰시오.

뼈의 종류	하는 일
머리뼈	
갈비뼈	
등뼈	

 다음 채점 기준을 참고하여 답안을 작성하여 봅시다.

영역	문제	채점 기준	배점	내 점수
생명	1	·우리 몸을 구성하는 각각의 뼈가 하는 일을 타당하게 설명하고 있다.	5	
		·우리 몸을 구성하는 각각의 뼈가 하는 일을 일부분 타당하게 설명하고 있다.	3	
		·우리 몸을 구성하는 각각의 뼈가 하는 일을 제대로 설명하지 못한다.	1	

● 사람의 뼈는 각각 하는 일이 다르며 특히 우리 몸의 내부기관을 보호한다는 사실에 중점을 둔다.

문제 1 다음은 우리 몸 중에서 팔의 근육을 나타낸 그림입니다. 팔을 구부리거나 펼 수 있는 원리를 설명하시오.

 다음 채점 기준을 참고하여 답안을 작성하여 봅시다.

영역	문제	채점 기준	배점	내 점수
생명	1	·팔을 구부리거나 펼 때 근육의 움직임을 타당하게 설명하고 있다.	5	
		·팔을 구부리거나 펼 때 근육의 움직임을 일부분 타당하게 설명하고 있다.	3	
		·팔을 구부리거나 펼 때 근육의 움직임을 설명하지 못한다.	1	

◉ 팔을 움직일 때 쓰이는 근육은 팔의 안쪽 근육과 바깥쪽 근육이 있으며 움직임의 모양은 서로 반대임을 알아둔다.

문제 1 음식물이 우리 몸에 들어와 소화되기까지 어떤 기관을 거쳐가는지 그 과정을 설명하시오.

 다음 채점 기준을 참고하여 답안을 작성하여 봅시다.

영역	문제	채점 기준	배점	내 점수
생명	1	·음식물의 소화과정을 소화기관 중심으로 차례대로 타당하게 설명하고 있다.	5	
		·음식물의 소화과정을 소화기관 중심으로 일부분 타당하게 설명하고 있다.	3	
		·음식물의 소화과정을 제대로 설명하지 못한다.	1	

◉ 음식물의 소화 과정을 우리 몸의 소화기관을 중심으로 설명한다.

💬 **다음 글을 읽고 물음에 답하시오.**

오늘은 체력검사를 하는 날이다. 가슴둘레를 잴 때 현우에게 선생님은 이렇게 말씀하셨다.

"숨을 크게 들이마시지 말고 편하게 있어야 돼요."

현우는 가슴둘레를 잴 때 선생님께서 왜 숨을 크게 들이마시지 말라고 하시는지 궁금했다.

"선생님! 가슴둘레를 잴 때 왜 숨을 크게 들이마시면 안 되나요?"

문제 1 현우의 질문에 대해 선생님은 그 이유를 어떻게 설명할지 쓰시오.

문제 2 문제 1에 대한 답의 이유는 무엇인지 신체기관 이름과 그 변화를 쓰시오.

다음 채점 기준을 참고하여 답안을 작성하여 봅시다.

영역	문제	채점 기준	배점	내 점수
생명	1-2	·숨을 들이마실 때 폐 모양의 변화를 예로 들어 타당하게 설명하고 있다.	5	
		·숨을 들이마실 때 폐 모양의 변화를 예로 들어 일부분 타당하게 설명하고 있다.	3	
		·숨을 들이마실 때 폐 모양의 변화를 모호하게 설명하고 있다.	1	

◈ 숨을 들이마시게 될 때 공기가 우리 몸속에 들어오며 공기를 담게 되는 폐의 모양 변화에 유의한다.

◈ 숨을 들이마시게 되면 폐에는 공기가 가득 차 부피가 커진다는 사실을 생각하며 답안을 작성한다.

문제 1 우리 몸의 기관 중에서 콩팥이 하는 일을 쓰시오.

문제 2 콩팥과 비슷한 기능을 하는 물건을 우리 생활 주변에서 찾아 예를 쓰시오.

다음 채점 기준을 참고하여 답안을 작성하여 봅시다.

영역	문제	채점 기준	배점	내 점수
생명	1-2	·콩팥이 하는 일을 정확하게 이해하고 실생활에서 콩팥처럼 거르는 장치의 예를 타당하게 제시하고 있다.	5	
		·콩팥이 하는 일과 실생활에서 콩팥처럼 거르는 장치의 예를 일부분 타당하게 제시하고 있다.	3	
		·콩팥이 하는 일과 실생활에서 콩팥처럼 거르는 장치의 예를 모호하게 제시하고 있다.	1	

● 콩팥은 우리 몸에서 혈액 속의 찌꺼기를 걸러내며, 이와 같은 역할을 하는 기구를 생활주변에서 생각하여 답을 작성한다.

○ 다음 글을 읽고 물음에 답하시오.

　　드디어 결전의 날이다. 바로 이웃 학교 친구들과 축구시합이 있는 날이다. 성철이는 친구들과 함께 열심히 시합에 참여하여 드디어 이겼다. 시합이 끝나고 친구들은 기쁜 마음으로 나무 그늘에 모두 모였다. 축구경기 하는 1시간 동안 내내 뛰었던 친구들 얼굴에는 행복한 미소가 가득했다.

문제 1 축구경기를 하고 난 성철이와 그 친구들의 몸에는 어떤 변화가 있을까요?

문제 2 축구경기를 하고 난 친구들의 몸에 변화가 일어난 까닭은 무엇인지 쓰시오.

다음 채점 기준을 참고하여 답안을 작성하여 봅시다.

영역	문제	채점 기준	배점	내 점수
생명	1-2	·운동을 하고 난 후 신체의 변화 모습과 변하게 된 이유를 타당하게 제시한다.	5	
		·운동을 하고 난 후 신체의 변화 모습과 변하게 된 이유를 일부분 타당하게 제시한다.	3	
		·운동을 하고 난 후 신체의 변화 모습과 변하게 된 이유를 제대로 제시하지 못한다.	1	

● 신체는 운동을 하게 되면 에너지를 공급하기 위해서 심장 박동수와 호흡이 빨라진다는 사실에 초점을 둔다.

◯ 다음 글을 읽고 물음에 답하시오.

민철 : 우와! 이게 무슨 냄새야.

명수 : 무슨 냄새가 난다고 그래? 아무 냄새도 안나는데?

민철 : 무슨 소리야. 너는 코가 막혔니? 이 맛있는 냄새를 못 맡는단 말야?

명수 : 난 지금 감기 때문에 아무 냄새도 맡지를 못해. 이럴 때 막힌 코대신 냄새를 대신 맡아 알려주는 기계가 있었으면 좋겠어.

문제 1 명수 말처럼 주변에서 다음 감각 기관이 하는 일을 도와주는 도구의 예를 하나씩만 찾아 답을 쓰시오.

감각기관	일상 생활의 도구
눈	
귀	
피부	

다음 채점 기준을 참고하여 답안을 작성하여 봅시다.

영역	문제	채점 기준	배점	내 점수
생명	1	·우리 몸의 감각 기관이 하는 일과 비슷한 생활 도구의 예를 타당하게 제시하고 있다.	5	
		·우리 몸의 감각 기관이 하는 일과 비슷한 생활 도구의 예를 일부분 타당하게 제시하고 있다.	3	
		·우리 몸의 감각 기관이 하는 일과 비슷한 생활 도구의 예를 제대로 제시하지 못한다.	1	

◉ 눈, 귀, 피부가 각각 하는 일을 먼저 생각해 본다.

◉ 각각의 감각기관이 하는 일을 도와주는 도구를 생각하며 답안을 작성한다.

◯ 각각의 층이 보일 수 있도록 물감을 넣어 설탕을 녹인 물을 이용하여 여러 개의 층으로 만든 그림이다.

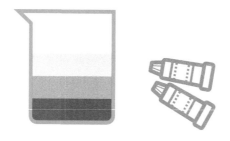

문제 1 어떻게 설탕물을 여러 층으로 나누어 쌓을 수 있는지 그 원리를 쓰시오.

 다음 채점 기준을 참고하여 답안을 작성하여 봅시다.

영역	문제	채점 기준	배점	내 점수
물질	1	·여러 층의 설탕물 만들기는 설탕물의 농도차를 이용하여 만들었음을 타당하게 제시한다.	5	
		·여러 층의 설탕물 만들기는 설탕물의 농도차를 이용하여 만들었음을 일부분 타당하게 제시한다.	3	
		·여러 층의 설탕물 만들기를 설명하는 내용을 제대로 설명하지 못한다.	1	

◉ 설탕물의 농도차로 인해 무게가 달라지기 때문에 층이 만들어진다는 사실에 초점을 둔다.

◯ 다음 글을 읽고 물음에 답하시오.

"엄마! 국수 국물이 굉장히 맛있어요. 국물에 뭐가 들어갔나요?"

"여러 가지 좋은 재료가 들어갔단다. 맛있는 이유는 국물에 많은 음식 재료가 들어가서 맛있는 거야."

"음식 재료요? 건더기는 아무 것도 보이지 않는데요?"

"건더기는 모두 건져냈지. 건더기에 들어 있는 맛있는 성분이 모두 우러나와 물에 녹아서 맛있는 거란다."

문제 1 위 글처럼 여러 가지 재료 물질이 물에 녹아있는 현상을 무엇이라고 하나요?

_____

_____

문제 2 우리 생활 속에서 위와 같은 현상의 예를 두 가지 이상 쓰시오.

_____

_____

_____

_____

_____

_____

다음 채점 기준을 참고하여 답안을 작성하여 봅시다.

영역	문제	채점 기준	배점	내 점수
물질	1-2	·용해의 뜻을 알고 우리 생활에서 용해의 예를 타당한 근거로 두 가지 이상 제시하고 있다.	5	
		·용해의 뜻을 알고 우리 생활에서 용해의 예를 일부분 타당한 근거로 한 가지 이내로 제시하고 있다.	3	
		·용해의 뜻을 알고 우리 생활에서 용해의 예를 제대로 제시하지 못한다.	1	

◈ 물질이 용액에 녹아있는 현상을 용해라고 한다.

◈ 우리 주변에서 용액에 다른 물질을 녹여 맛을 내는 여러 가지 예를 생각하며 답을 작성한다.

◯ **다음 글을 읽고 물음에 답하시오.**

　　유진이는 심한 감기로 병원에 입원을 했습니다. 병실에서 팔에 주사기를 꽂고 링거액을 주입하였습니다. 하루 종일 링거액을 맞고 나니 열도 내려가고 몸이 괜찮아졌습니다. 보기에는 물처럼 보이는 링거액이 무척 신기했습니다.

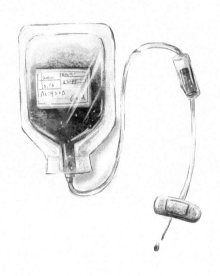

문제 1 유진이가 링거액을 맞고 나서 병이 나은 까닭은 무엇 때문인지 용해와 관련지어 설명하시오.

다음 채점 기준을 참고하여 답안을 작성하여 봅시다.

영역	문제	채점 기준	배점	내 점수
물질	1	·링거액 속에는 여러 가지 약들이 용해되어 있다는 내용으로 타당하게 설명하고 있다.	5	
		·링거액 속에는 여러 가지 약들이 용해되어 있다는 내용으로 일부분 타당하게 설명하고 있다.	3	
		·링거액 속에는 여러 가지 약들이 용해되어 있다는 내용을 모호하게 설명하고 있다.	1	

◉ 링거액에는 눈에 보이지 않지만 여러 가지 약들이 용해되어 있다는 사실에 초점을 두어 설명한다.

◉ 링거액에는 우리 몸의 병을 낫게 할 수 있는 약품들이 용해되어 우리 몸으로 들어와 낫게 한다는 원리를 생각하며 답안을 작성한다.

문제 1 두 개의 컵에 서로 다른 양의 흑설탕을 녹인 용액을 담았다. 두 개의 컵에 담긴
흑설탕 용액의 진하기를 구분할 수 있는 방법은 어떤 것이 있는지 두 가지 이
상 쓰시오.

 다음 채점 기준을 참고하여 답안을 작성하여 봅시다.

영역	문제	채점 기준	배점	내 점수
물질	1	·흑설탕 용액의 진하기를 구별하는 방법을 두 가지 이상 타당한 예로 설명하고 있다.	5	
		·흑설탕 용액의 진하기를 구별하는 방법을 한 가지 이내로 일부분 타당한 예로 설명하고 있다.	3	
		·흑설탕 용액의 진하기를 구별하는 방법을 제대로 설명하지 못한다.	1	

◉ 흑설탕을 물에 녹이면 색깔의 진하기를 살펴볼 수 있다는 점에 중점을 둔다.

◉ 흑설탕 용액은 눈으로 보아 진한 색깔이 나오거나 맛을 보는 등 여러 가지로 확인할 수 있다는 사실
에 초점을 둔다.

문제 1 설탕을 녹이는 실험을 하려고 한다. 빠른 시간에 많은 양의 설탕을 녹이려면 어떻게 해야 할지 두 가지 이상 쓰시오.

 다음 채점 기준을 참고하여 답안을 작성하여 봅시다.

영역	문제	채점 기준	배점	내 점수
물질	1	·설탕을 빠른 시간에 많은 양을 녹일 수 있는 방법을 타당한 근거로 두 가지 이상 설명하고 있다.	5	
		·설탕을 빠른 시간에 많은 양을 녹일 수 있는 방법을 한 가지 이내로 일부분 타당한 근거로 설명하고 있다.	3	
		·설탕을 빠른 시간에 많은 양을 녹일 수 있는 방법을 제대로 설명하지 못한다.	1	

◉ 설탕을 빨리, 많이 녹일 수 있는 방법은 설탕을 녹이는 물의 양을 많게 하거나 그 밖의 다양한 방법을 생각하여 답을 작성한다.

◯ 다음 그림을 보고 물음에 답하시오.

문제 1 위 그림은 400m 달리기 시합을 하기 위해 신호를 기다리는 모습이다. 같은 거리를 달리면서 왜 출발지점이 각각 다른지 그 이유를 쓰시오.

다음 채점 기준을 참고하여 답안을 작성하여 봅시다.

영역	문제	채점 기준	배점	내 점수
운동과 에너지	1	·타원형의 운동장에서 같은 거리를 달려야 하기 때문에 출발하는 사람들의 위치가 달라짐을 타당하게 설명하고 있다.	5	
		·타원형의 운동장에서 같은 거리를 달려야 하기 때문에 출발하는 사람들의 위치가 달라짐을 일부 타당하게 설명하고 있다.	3	
		·타원형의 운동장에서 같은 거리를 달려야 하기 때문에 출발하는 사람들의 위치가 달라지는 이유를 제대로 설명하지 못한다.	1	

◈ 타원형의 운동장은 안쪽과 바깥쪽의 거리가 다르기 때문이라는 점에 유의한다.

◈ 원의 바깥은 원 크기가 크기 때문에 먼 거리를 달려야 한다는 사실에 유의하며 답안을 작성한다.

💬 **다음 표와 대화 글을 보고 물음에 답하시오.**

구분	이동거리	걸린 시간
참새	75km	1h
자동차	190km	2h
배	700m	60s
자전거	250m	30s

덕철 : 우와 배가 제일 빠르다.

시우 : 무슨 소리야? 배가 왜 제일 빨라?

덕철 : 이동한 거리 숫자가 제일 크잖아.

시우 : 이동거리 숫자가 크다가 제일 빠른 거니? 숫자 뒤에 나오는 기호가 모두 다르잖아.

문제 1 위 대화 글처럼 속력의 단위가 다를 때 물체의 속력을 비교하는 방법을 쓰시오.

다음 채점 기준을 참고하여 답안을 작성하여 봅시다.

영역	문제	채점 기준	배점	내 점수
운동과 에너지	1	·속력의 단위가 다른 물체의 빠르기를 비교하는 방법을 타당한 근거로 제시한다.	5	
		·속력의 단위가 다른 물체의 빠르기를 비교하는 방법을 일부분 타당한 근거로 제시한다.	3	
		·속력의 단위가 다른 물체의 빠르기를 비교하는 방법을 제대로 설명하지 못한다.	1	

◉ 속력의 단위가 다를 때에는 시간 또는 거리 등 일정한 기준을 정해 비교한다.

문제 1 물체의 속력이 빠를 때 우리 생활에서 겪을 수 있는 내용을 다음 표에 한 가지씩 쓰시오.

구분	내용
우리 생활에 이로운 점	
우리 생활에 불편한 점	

 다음 채점 기준을 참고하여 답안을 작성하여 봅시다.

영역	문제	채점 기준	배점	내 점수
운동과 에너지	1	·물체의 속력이 빠를 때 우리 생활에 미치는 영향을 타당하게 설명하고 있다.	5	
		·물체의 속력이 빠를 때 우리 생활에 미치는 영향을 일부분 타당하게 설명하고 있다.	3	
		·물체의 속력이 빠를 때 우리 생활에 미치는 영향을 제대로 설명하지 못한다.	1	

고득점 Tip

● 물체의 속력이 우리 생활에 미치는 영향은 긍정적인 면과 부정적인 면이 있음을 생각하고 답안을 작성한다.

문제 1 태양의 빛과 열이 없어진다면 어떤 일이 생길지 쓰시오.

 다음 채점 기준을 참고하여 답안을 작성하여 봅시다.

영역	문제	채점 기준	배점	내 점수
지구와 우주	1	·태양의 빛과 열이 없어지게 되면 모든 생물이 살 수 없다는 이유를 타당하게 제시하고 있다.	5	
		·태양의 빛과 열이 없어지게 되면 모든 생물이 살 수 없다는 이유를 일부분 타당하게 제시하고 있다.	3	
		·태양의 빛과 열이 없어지게 되면 모든 생물이 살 수 없다는 이유를 제시하지 못한다.	1	

⬤ 태양의 빛과 열은 우리 생물체가 살 수 있는 양분의 원천임을 생각하며 답을 작성한다.

⬤ 태양 에너지는 식물, 동물이 살아가는 데 필요하며 태양이 없어진다면 생태계가 무너진다는 사실에 초점을 두어 설명한다.

정답

채점 시 유의 사항

- 서술형·논술형문제는 문제에 따라 여러 가지 답안이 있을 수 있으며 여기에서 제시한 예시 답안은 가장 기본적인 답이다.

- 문제에 따라 제시한 예시 답안을 기준으로 채점하고 그 외의 유사하거나 타당한 것을 쓰면 맞는 것으로 처리한다.

- 문제에 따라 제시한 배점에서 부분적으로 점수를 가감할 수 있다.

예시 답안

01. 이야기의 인상적인 부분을 찾아 그 까닭 말하기

Q 예시 답안 1

나를 싫어한 진돗개를 읽고 가장 인상 깊었던 장면은 비오는 날 술에 취하신 아버지가 가족 모두를 찬비가 오는 마당에 세워두는 장면이다. 비록 개이지만 불편한 몸으로 찬 비가 오는 마당에 나뒹구는 장면을 목격하고 마음 아파하는 아버지의 마음이 내 맘 속에 전해졌기 때문이다. '사람의 마음이 이렇게 아름다울 수가 있구나.' 하는 생각이 들었다.

아버지는 진돗개를 데려오기 전부터 우리 집에 올 개가 몸이 불편하고 늙었다는 것을 아셨던 것 같고, 그럼에도 불구하고 개를 가족으로 받아들이셨으며 끝까지 보살피려고 노력했다. 민호는 아버지를 통해 사랑이란 어떤 것인지 알게 되었을 것 같다.

사람이든 동물이든 나의 것이나 우리 것이 되면 불편한 것, 힘든 것, 귀찮은 것을 모두 감수해야 된다는 것을 알았다.

02. 중요한 사건을 기사문으로 쓰기

Q 예시 답안 1

우리 언니의 간호사 자격증 시험

우리 언니는 지난 일요일 일본에 가서 미국 간호사 자격시험을 치르고 돌아왔다. 미국 간호사가 되려면 미국 간호사 자격증이 있어야 하는데, 그 시험이 우리나라에는 없고 일본에는 있었기 때문이다.

미국간호사 자격시험은 기본 70문제를 풀어야 하고 수험자가 정확히 모르는 것 같으면 계속 비슷한 내용을 질문하여 최대 160문제까지 풀어야 한다고 한다. 우리 언니는 70번 기본문제를 풀고 나서 시험 종료가 되었다고 하니까 아마 시험을 잘 본 것 같다.

우리 언니는 ○○간호대학을 졸업하고 현재 ○○종합병원 마취과에 근무하고 있다. 언니는 어렸을 적부터 아픈 사람의 고통을 덜어주는 일을 하고 싶어했고, 국내보다는 해외에 나가서 일을 하고 싶어했다. 그래서 미국 간호사가 되려고 노력하고 있다. 언니의 시험 결과는 일주일 후에 발표된다. 가족들은 합격을 기대하고 있지만 혹시 떨어진다고 해도 언니는 재도전하여 기필고 자격증을 따서 제2의 나이팅게일이 될 것이다.

03. 사건의 전개과정 정리하기

Q 예시 답안 1

사람은 자기 생각을 여러 사람에게 전하기를 원하지만, 한자를 쓰던 우리나라 사람들은 자신의 의사표현을 어려워했다. 이를 가엾게 여긴 세종대왕이 1446년에 우리말을 가장 자연스럽게 표현할 수 있는 훈민정음을 만들어 반포하였다.

04. 토론주제에 대한 자신의 입장 적기

Q 예시 답안 1

찬성편	주장	별명을 불러 주자.
	근거	별명을 불러 주면 듣는 사람이 자신에 대한 관심으로 생각하고 좋아하기 때문이다.
반대편	주장	별명을 부르지 말자.
	근거	별명에는 그 사람의 단점을 나타내는 별명이 많아서 듣는 사람이 불쾌하게 생각하기 때문이다.
찬성편		별명을 불러 주자. 별명을 지으려면 그 사람의 특징을 잘 나타내어 지어야 불러도 재미 있기 때문에 별명을 짓는 사람은 그 사람을 유심히 관찰하게 된다. 따라서 별명을 짓는 사람이나 별명을 부르는 사람이나 별명을 부를 때마다 남과 다른 그 사람만의 개성을 느끼게 되기 때문에 그 사람이 좋아진다. 별명을 듣는 사람 역시 별명을 듣는 순간 자신의 특징을 자랑스럽게 생각하게 되고 남들이 자신에게 관심이 많다고 생각할 수 있기 때문에 별명을 많이 불러 주는 게 좋다.
반대편		별명을 부르지 말자. 별명은 대부분 단점을 가지고 짓는 경우가 많다. 사람들은 평소에도 자신이 가진 단점 때문에 무척 속상해 하는데 친구들이 단점을 가지고 놀리면 화가 나고 마음이 아프다. 그래서 친구 간에 싸움이 일어날 때도 있고 심하면 사이가 나빠질 때도 있다. 장난으로 던진 돌멩이에 개구리가 맞아 죽는다는 말이 있듯이 장난으로 부르는 별명이 상대방에게 큰 상처를 줄 수 있기 때문에 별명을 부르는 것은 나쁘다고 생각한다.

05. 낱말의 의미를 바르게 파악하기

Q 예시 답안 1

순서	내가 생각한 문맥적 의미	바꿀 수 있는 표현
①	함께하다	따뜻한 정을 함께하는 ~
②	방법이나 수단	일자리를 구하기 위한 방법이 많아지자 ~
③	마음이나 표정	환한 표정으로 함께 살아가려고 ~

06. 온라인 대화에서 내 생각 전달하기

예시 답안 1

희생과 봉사의 꿈을 이룬 암탉

세상에 자신이 알 낳는 닭이면 알을 낳으며 사는 게 자신의 임무가 아닐까? 알낳는 닭이 자기 자식을 키워보는 게 꿈이라니. 그걸 위해서 안전지대를 넘어 하루도 맘편하지 못한 곳으로 뛰쳐나오다니 처음에 마당을 나온 암탉이 이해되지 않았어.

잎싹은 자신을 노리는 족제비들에게 이러 저리 쫓겨 다니다가 알을 한 개 발견하게 된단다. 그런데 공교롭게도 그건 자신을 배신한 청둥오리의 알이었어. 잎싹은 온갖 위험을 무릅쓰며 그 알을 곱게 품어서 정성으로 그 청둥오리 새끼를 기르지.

그런데 아기오리는 차츰 물속에서 자신들의 무리 속에 끼는 걸 즐거워하는 거야. 엄마 입장에서 보면 이 얼마나 당황스러운 일이겠니. 자기를 닮지 않고 다른 세계에서 살고 싶어하는 이 모습이 말이야. 결국은 엄마에게 이별을 고하며 엄마를 떠나 무리 속으로 사라져 간단다.

바람부는 언덕에 혼자 남아 자식이 날아간 먼 하늘만 바라보는 잎싹! 저 모습이 희생과 봉사로 꿈을 이룬 마지막 모습인가 생각되어 허탈했어. 그러나 평생 만족하지 못한 일만 하다 죽는 것보다는 자신이 해보고 싶었던 일을 해보는 것도 괜찮은 일이라고 생각은 했어. 그렇게 생각해도 왜 자꾸 눈물이 나던지 …….

07. 서평의 특성을 알고 서평 쓰기

예시 답안 1

읽고 싶은 책	TV 동화 행복한 세상
책의 줄거리 (구성)	이 책은 총 5권으로 되어 있고 각 권마다 짧은 이야기로 구성되어 있는데 유명한 작가가 아닌 일반 사람들의 실화이다.
강조하고 있는 내용	누군가에게 감동을 주고 누군가를 통해 감동을 받게 되는 일이 바로 행복해지는 비결이다. 서로가 서로의 슬픔을 받아주고 따뜻한 미소를 보내는 아름다운 마음을 갖자.
다른 사람의 평	이 책의 매력은 기교를 부리지 않는 풋풋함에 있다. 소재는 우정, 가난, 부모님 등 아주 친숙한 것들이고 느릿한 수채화들 속에 등장하는 인물들은 투박하고 정겹게 보인다. - 한겨레신문 -
그 책에 대한 내 느낌	이야기 하나가 4~5쪽 정도로 짧은 이야기지만 감동이 느껴지고 눈물이 핑 돌며 가슴을 아릿해지게 한다. 평범하게 살아가는 사람들에게 착한 마음을 실천해야겠다는 생각이 들게 하는 책이다.

08. 매체를 사용하여 대상의 특성에 알맞게 발표하기

Q 예시 답안 1

발표순서	발표 내용	사용할 매체

처음	• 정은이가 기르고 있는 강아지에 대한 소개
	  - 강아지 이름
	  - 기른 기간
	  - 품종
		• 사진 자료
		  - 정은이네 강아지 사진

가운데	• 강아지의 외모 및 먹이 소개
	  - 색깔
	  - 크기
	  - 먹이
	• 강아지의 습관적인 행동
	  - 가족들이 외출할 때, 외면당할 때
	  - 잠잘 때와 대소변을 눌 때
	• 강아지와 가족 간의 관계
	  - 가족 중 가장 친한 사람
	  - 가족 중 가장 사이가 나쁜 사람
		• 동영상
		  - 강아지의 활동 모습을 담은 동영상
		  - 가족들과 어울려 지내는 모습의 동영상
		
		• 도표
		  - 가족들 각각과 강아지와의 관계 자료

끝	• 강아지를 소중히 알고 잘 기르자
	  - 강아지가 있어서 가족들에게 좋은 점
	  - 강아지를 소중하게 다루고 기르는 방법
		• 음악
		  - 동물을 소중히 여기고 사랑하는 마음이 생기게 하는 음악

09. 자신의 말에 책임지는 태도 가지기

Q 예시 답안 1

①	명호가 저금을 하기 위해 돈 3,500원을 가져왔는데 없어졌다.
②	지수네 반 아이들은 급식비를 내고 자기들에게 빵을 사 준 정민이를 의심했다.
③	선생님은 정민이를 의심하면서 이해한다고 말했다.
④	다음날 정민이가 학교에 오지 않았다.
⑤	명호가 돈을 필통에서 찾았다고 하였다.
⑥	선생님은 어제 정민이를 의심한 것을 후회하였다.

Q 예시 답안 2

  정민이가 돈을 훔쳤다는 충분한 근거가 없음에도 불구하고 단지 상황이 의심스럽다는 것만으로 정민이를 범인으로 단정하는 것은 큰 잘못이다.

　한 번 뱉은 말은 주워 담을 수 없다고 하였다. 뚜렷한 증거도 없이 단지 추측으로 인한 친구들의 생각 없는 말이 직접 당하는 사람에게는 평생 치유되지 않는 마음의 상처가 될 수도 있는 것이다. 칼은 한 번에 한 사람을 죽이지만 잘못된 말은 한 번에 수십 명을 죽일 수도 있다고 하였다. 책임 없는 말 한 마디의 위험이 얼마나 큰 것인지를 경고하는 말이다. 그 일이 자신에게 일어난다면 얼마나 억울하고 슬플지 생각하며 책임질 수 있는 말을 하도록 노력해야겠다.

10. 사건의 인과관계에 주의하며 사건의 흐름 파악하기

예시 답안 1

광고의 주제	일회용품을 사용하지 말자.
광고의 표현 특성	사랑, 직장, 생활, 인생에 있어서 순간과 기간을 각종 일회용품이 썩는 데 걸리는 시간과 비교함으로써 일회용품이 썩는 데 얼마나 오랜 시간이 걸리는지 인식할 수 있도록 표현함

11. 이야기의 일부분을 바꾸어 쓰기

예시 답안 1

온종일 죽도록 일만 해야 되는 것

예시 답안 2

꾀병을 부리고 외양간에서 쉬고 있었다.

예시 답안 3

여물을 먹지 말라고 했다.

예시 답안 4

어제 하루 종일 쉰 당나귀에게 농장일을 하라고 하겠다.

예시 답안 5

저녁이 되자 당나귀는 녹초가 되어 외양간으로 돌아왔다. 황소가 물었다.

"매정한 인간들이 나를 빗대어 무슨 말을 하지 않던가?"
"왜 안 하겠나. 자네가 앞으로도 여물을 먹지 않고 일을 못 한다면 잡아먹을 수밖에 없겠다고 하더군."

황소는 소스라치게 놀라 여물통에 머리를 처박더니 바닥이 드러날 때까지 고개를 들지 않았다.

12. 이야기에 대한 생각이나 느낌 비교하기

Q 예시 답안 1

잎싹 엄마가 초록머리 아기에게 (초록머리가 떠나간 후)

아가야. 네가 떠나버린 이 언덕에 홀로 서 있자니 눈물만 하염없이 흐르는구나. 그렇다고 해도 내가 널 끝까지 붙잡을 순 없다는 건 나도 잘 안단다. 엄마의 행복은 네가 행복하게 사는 모습을 보는 것이거든. 너는 청둥오리이거늘 어찌 닭인 나처럼 땅만 헤집으며 위험한 이 땅에 살라고 강요할 수 있단 말이냐.

그동안 넌 닭인 나하고 살아서 네 친구들과 어울리는 것이 처음엔 좀 힘들 것이다. 그게 이 어미 마음에 걸려. 그러나 노력하면 금방 극복될 거라고 믿는다. 넌 의지가 강하고 영리한 아기니까.

그동안 너로 인하여 행복했다. 내가 비록 너의 모습과는 다른 엄마였지만 너는 나의 전부였고 난 너로 인해 살아갈 힘이 솟았단다. 정말 너를 사랑했었다.

혹시 이 다음에 여길 지나더라도 나를 찾지는 말아라. 너의 무리에서 떨어질지 걱정도 되고 아마도 네가 여기를 다시 지날 때는 난 여기 없을 게다.

아가야, 낳은 정도 부모의 정이고 기른 정도 부모의 정이란다. 이 다음에 다시 태어나면 나도 오리로 태어나서 다시 우리 부모와 자식의 인연을 맺자꾸나.

초록머리가 잎싹 엄마에게 (엄마를 떠난 후)

엄마, 미안해요. 엄마는 저의 친엄마가 아니었는데도 저를 그토록 사랑으로 길러주셨는데 전 엄마를 배반하고 떠나왔군요. 엄마 죄송해요. 혼자 쓸쓸히 언덕에 올라 먼 산을 바라보고 계실 엄마를 생각하면 가슴이 찢어지게 아파요.

그러나 엄마, 전 청둥오리예요. 전 여름이 되면 엄마가 계신 그곳은 더워서 견딜 수가 없어요. 그리고 전 태어날 때부터 멀리멀리 날아다니도록 만들어졌기 때문에 종종걸음으로 걸어 다니며 살기에는 너무 힘들어요.

엄마, 불쌍한 우리 엄마, 제가 없으면 누가 보살펴줄 자식도 없는데 엄마를 혼자 두고 떠나오다니 저는 나쁜 자식이에요. 용서하세요.

엄마, 혼자 있어도 울지 마시고 언덕에 혼자 멍하니 서있지 마세요. 족제비가 숲속에서 노리고 있을지도 몰라요. 다음엔 우리 같은 동물로 태어나 행복하게 살아요.

13. 칭찬하거나 사과하는 글쓰기

Q 예시 답안 1

사과문

저는 장난감 회사 사장입니다. 여러분들에게 걱정을 끼쳐드려서 정말 죄송합니다. 저희 회사에서 만든 장난감이 어린이들에게 해로운 물질이 들어 있는 줄 미처 몰랐습니다.

제품의 가격을 낮추기 위해 다소 저렴한 페인트를 사용하였지만 기차이기 때문에 어린이들이 입으로 빨수 있다고 생각하지 못했습니다. 건강을 위협하는 페인트를 사용한 점에 대해 깊이 반성하고 사과드리며 이후로는 친환경 페인트를 사용하도록 하겠습니다.

14. 상상 이야기 꾸며쓰기

Q 예시 답안 1

　큰아들은 헌옷가지와 짚신 두어 켤레가 든 보따리를 풀어 보였다. 그러나 놀랍게도 헌옷가지 대신에 반짝반짝 빛나는 금덩이가 들어 있었다. 군사들은 이를 수상히 여겨 큰아들을 임금 앞으로 끌고 갔다.

　임금은 예사롭지 않은 구슬을 어디서 얻었는지 물었다. 큰아들은 원숭이를 구해준 일과 원숭이가 보따리를 가지고 갔다가 다시 돌려준 일을 이야기 하였다. 임금은 하찮은 동물을 구하기 위해 벼랑끝까지 올라간 큰아들의 행동에 감동하여 사위로 삼겠다고 하였다. 임금은 사윗감으로 동정심과 용기 있는 사람을 찾고 있었던 것이었다.

Q 예시 답안 2

　담벼락에 붙어서 망을 보기 시작했다. 한참을 기다려도 아무도 지나가지 않자 잠이 오기 시작했다. 눈꺼풀이 스르르 내려앉는 순간 어디선가 바스락 인기척이 들렸다. 숨을 죽이고 살펴보니 어떤 할머니가 허리춤에서 뭔가를 꺼내시더니 주위를 둘러보다가 벽에 뭔가를 그리고 쓰기 시작했다.

　'벽에 낙서를 하시는 분이 바로 저 할머니였구나.'

　나는 너무나 놀라 가슴이 콩닥콩닥 뛰었다. 할머니는 어제처럼 약도를 그리고 뭐라고 서툰 글씨를 쓰시더니 한번 살펴보고 만족하신 얼굴로 옆집으로 들어가셨다.

　나는 할머니께서 하신 낙서를 자세히 살펴보았다. 나는 얼른 집안으로 뛰어 들어가 어머니께 이 사실을 알려드렸다.

　"아 참, 옆집에 치매에 걸려 밖에 나가면 못 찾아오는 할머니가 계시다더니……."

15. 시의 인상적인 부분 찾아보기

Q 예시 답안 1

　가랑잎은 귀도 참 밝다와 가랑잎은 눈도 참 밝다고 표현한 부분

Q 예시 답안 2

　가랑잎이 바람에 굴러가는 것을 사람에 빗대어 표현하였다. 가랑잎은 귀도 참 밝다고 표현한 부분은 소리 없이 부는 바람의 소리를 듣고 바시락 대는 것이 귀가 밝은 사람같다고 표현하였고, 가랑잎은 눈도 참 밝다고 표현한 부분은 눈에 보이지 않은 바람이 지나가는 것을 보고 또르르 따라간다고 표현하였다.

16. 사건을 정하여 기사문 쓰기

Q 예시 답안 1

학교 앞 위험한 통학로

　안평초등학교 정문 앞 도로에는 신호등이 없어 학생들이 아침 저녁으로 길을 건널 때 매우 불안해

하고 있다.

정문 앞 도로는 안평초등학교 이외에도 안평대학교, 안평고등학교, 안평실업고등학교, 안평예술고등학교 등 학교가 다섯 개나 있어 아침 저녁으로 많은 차량이 드나들고 있다.

그러나 횡단보도에 신호등이 없어서 사람들은 아무 곳에서나 차도를 가로질러 건너고 녹색어머니들께서 계시지 않는 시간엔 차량과 학생들이 뒤섞어 혼잡을 이루는 모습을 흔히 볼 수 있다.

안평초등학교 학부모들은 자녀들의 등하교가 불안한 나머지 승용차로 태워다 주는 경우가 많은데 설상가상으로 정문 앞 교통체증을 더하고 있다. 이 때문에 정문 앞 교통체증은 더욱 심해지고 있다.

안평초등학교 앞을 건너는 학생들의 안전한 등하교가 보장되고 차량통행이 원활할 수 있도록 하루 빨리 신호등을 설치해야 한다.

17. 사건의 의미 해석하기

Q 예시 답안 1

① 6·25 전쟁 중에 아기를 업고 피난을 가던 중에 어머니는 자기 옷을 벗어 아기를 감싸 안고는 추위에 얼어 죽었다.
② 지나가던 미군 병사는 언땅을 파서 어머니를 묻고 아기를 미국으로 데려가서 아들로 길렀다.
③ 미국인 아버지는 아들이 성장하자 아들과 함께 강원도 어머니 무덤을 찾아왔다.
④ 아들은 어머니가 했던 것처럼 자기의 옷을 하나씩 벗어 무덤을 덮어주고는 어머니를 부르며 통곡했다.

Q 예시 답안 2

어머니는 아기가 추울까봐 자신의 옷을 다 벗어 아들에게 입혀주었기 때문에 추위에 얼어 죽었다. 어머니는 죽었지만 아기는 어머니 덕분에 살아서 잘 성장하였고, 어머니의 이야기를 들은 아들이 성장하여 어머니 무덤에 찾아와 어머니에게 감사를 드리며 통곡하였다.

18. 토론에 참여하기

Q 예시 답안 1

◉ 나는 심청이가 효녀라고 생각한다.

요즘 보면 돈을 벌지 못하시는 부모님께 용돈도 안드리고 자주 찾아뵙지 않아서 돌아가신 지 한달 만에 발견하는 경우도 있다고 한다. 심청이가 목숨을 버린 것을 잘했다고는 할 수 없지만 부모를 위해서 가장 소중한 것을 버렸기 때문에 가치 있다고 생각한다. 누구나 부모에게 효도를 하려고 마음은 먹지만 실천으로 옮기는 것은 쉽지 않다. 그러므로 심청이는 효녀이다.

◉ 나는 심청이가 효녀라고 생각하지 않는다.

효도란 부모님의 마음을 기쁘게 해드리는 것인데 심청이 아버지가 눈을 뜨고 과연 기뻐했을까? 자기 때문에 꽃다운 나이의 자식이 죽었는데, 눈은 떠도 자식을 볼 수도 없는데, 심청이 아버지 마음이 얼마나 괴로웠을까. 부모의 마음을 이렇게 괴롭게 하는 것이 효도일까? 심청이는 효녀가 아니다. 심청이가 효녀라면 차라리 아버지 곁을 끝까지 지키면서 행복하게 살았어야 했다.

19. 광고의 신뢰성을 비판하기

Q 예시 답안 1

꽃비누 회사

Q 예시 답안 2

광고의 의도는 비누를 팔기 위한 것이다.

Q 예시 답안 3

'꽃미남 꽃미녀 비누'를 선택하기만 하면 여드름 피부를 완전하게 치료할 수 있는 것처럼 과장된 광고를 하고 있다.

20. 사과하는 글쓰기

Q 예시 답안 1

체육 시간에 채홍이가 자기랑 짝하는 걸 피한 거 같아서 화가 났다.

Q 예시 답안 2

체육시간에는 화가 났었지만 이 편지를 받고 채홍이가 의도적으로 자기를 피한 게 아니란 걸 알고 마음이 누그러졌을 것 같다.

Q 예시 답안 3

채홍아, 나 수경이야. 너의 편지를 받고 보니 내가 마음이 좁았던 것 같아서 부끄럽구나. 사실 체육시간에는 기분이 몹시 나빴어. 난 네가 당연히 내 짝이 되려고 날 기다릴 줄 알았는데 네가 정연이하고 짝이 되어 서 있어서 얼마나 황당했는지 몰라. 난 네가 날 싫어해서 의도적으로 피하는 줄 알았어. 그러니 내가 체육을 제대로 했겠니? 선생님 말씀은 귀에 안 들어오고 정연이랑 팔랑팔랑 뛰어다니는 네 모습만 내 눈이 따라다니더라. 네 편지를 받고보니 이해되는구나. 내가 이러는 건 다 널 좋아해서란 걸 알고 있지? 미안해 채홍아. 다음부터는 나 때문에 네가 마음 쓰이지 않도록 노력할게. 약속해. 알았지?

21. 서평을 찾아 읽고 그 책이 나에게 필요한지 말하기

Q 예시 답안 1

읽고 싶은 책은 무엇인까?	우동 한 그릇
읽고 싶은 책에 대한 서평을 찾아 붙여 보자.	- 진정한 배려를 알 수 있게 해 주는 책 　이 책은 많은 빚을 남기고 돌아가신 아버지 때문에 형편이 어려워진 가족들의 이야기이다. 엄마와 두 아들은 한 해의 마지막 날 우동 가게에 들러 우

동 한 그릇을 시켜 먹게 된다. 돈이 없어 세 사람이 우동 한 그릇으로 나누어 먹으려는 것을 안주인은 말없이 우동 한 그릇의 양을 아주 넉넉히 담아 준다.

세 사람이 민망해하거나 부담을 느낄까봐 말없이 배려하는 주인의 마음씨가 감동적인 이야기이다.

이 책은 감동을 전해 주면서 진정한 배려가 무엇인지 깨닫게 해 주는 책으로, 어린이로부터 어른까지 모두에게 추천하고 싶은 책이다.

- 격려가 필요한 사람에게 추천하다.

작은 격려의 힘이 있다면 바로 이런 것일까. 도움이란 것이 꼭 대단해야 할 필요는 없다. 누군가가 힘들거나 어려울 때 물질적인 도움보다는 잘 할 수 있을 거라는 작은 격려 한 마디가 큰 힘이 될 수 있다는 것을 알려준다. 세 모자(엄마와 아들 2명)에게 우동 한 그릇은 어려운 지난 날을 뜻하지만 힘을 낼 수 있는 작은 격려이기도 했다.

난 누군가의 작은 격려가 필요한 사람에게 이 책을 추천하고 싶다.

이 책을 읽기로 하였는가?	학교 도서관에서 빌려서 읽기로 하였다.
그 까닭은 무엇인가?	나의 꿈은 남을 위해 봉사하는 것이다. 비록 작은 친절이나 격려일지라도 여기 나온 안주인처럼 남을 행복하게 해줄 수 있고, 나도 행복해질 수 있기 때문이다. 친절과 배려를 베푸는 방법도 여러 가지이니 책을 통해서 배우고 싶다.

22. 연설문 작성하기

Q 예시 답안 1

발표 내용	활용할 자료
안녕하십니까? 2학기 전교 부회장에 입후보한 기호 2번 ○○○입니다. 저는 이제 머지않아 졸업을 앞둔 최고 학년이 되니 학교를 떠나기 전 무엇인가 보람있는 일을 하고 싶다는 생각이 들었습니다. 그래서 용기를 내어 전교 부회장이라는 자리에 과감히 도전합니다. 저는 지키지 못할 큰 약속을 걸고 학교를 잘 이끌어 가겠다는 말들은 하지 않겠습니다. 그러나 여러분이 저를 믿고 뽑아 주신다면 여러분들의 소중한 한 표가 헛되지 않도록 여러분들이 불편해하는 문제 해결을 위해 최선의 노력을 다 하겠습니다. 감사합니다.	1. 전에 부회장선거를 나가서 당선되었던 후보 연설 자료 2. 친구들이 어떤 부회장을 원하는지 설문한 자료 3. 전교 부회장으로 당선되면 보통 해온 일 4. 국회의원이 선거에 출마할 때 사용한 연설문 5. 부모님이나 선배들, 친구들에게 조언을 얻은 자료

23. 인물의 성격에 따라 뒷이야기 쓰기

Q 예시 답안 1

형 까마귀는 동생이 추운 날씨를 견디기 어려워 둥지를 수리할 것이라고 생각했고 동생 까마귀도 형이 추위를 견디지 못하여 수리할 것이라고 생각했다.

인물	인물의 말이나 행동	인물의 성격
까마귀 형제	- '형이 수리하겠지.' - '동생이 수리를 하겠지.' - 까마귀 형제 중 그 누구도 둥지에 손을 대지 않았다. - 부들부들 떨며 연방 춥다고 말만 하였다. - 저마다 몸만 더욱 웅크릴 뿐 아무도 둥지를 수리할 생각을 하지 않았다.	- 고집이 세다. - 희생정신이 부족하다. - 봉사정신이 부족하다. - 성실하지 못하다.

Q 예시 답안 3

 그 때였다. 마침내 세찬 바람에 둥지가 날려 땅바닥으로 굴러 떨어졌다. 그 바람에 까마귀 형제는 그만 얼어 죽고 말았다.

24. 적절한 근거를 들어 의견을 주장하는 글쓰기

Q 예시 답안 1

즐거운 급식 시간을 갖자

 우리 학교는 매일 점심 때가 되면 전교생이 학교 식당에서 급식을 실시한다. 급식을 먹으니까 도시락을 따로 준비해 오지 않아도 되고, 언제나 방금 만든 음식을 따뜻하게 먹을 수 있으며 친구들과 같은 음식을 먹으니 좋은 반찬을 싸오지 않아서 부끄러워할 필요가 없다. 그러나 급식과 관련하여 문제점도 있어 급식 시간이 괴로운 친구들도 많이 있다. 급식과 관련한 문제점으로는 다음과 같다.

첫째, 학급 전체가 급식을 다 받은 다음 다 함께 먹기 시작해야 하는 점이다. 40명이 다 급식을 받을 때까지 기다리다 보니 음식이 식어 맛이 없고, 식당도 한꺼번에 움직이니 배식판을 정리할 때도 혼잡스러우며, 먼저 먹고 나가서 친구들과 운동장에서 놀고 싶은데 기다리는 시간이 많아서 점심시간에 노는 것이 불가능하다.

둘째, 받은 음식을 양념 한 개도 버리지 말고 다 먹어야 하는 점이다. 어느 때는 밥보다 반찬의 양이 더 많기도 하고, 배식량이 평소보다 많을 때도 있으며, 먹기 싫은 반찬도 있다. 그런데 다 먹었는지 검사를 하기 때문에 즐거운 점심시간이 괴로운 시간이 되고 만다.

셋째, 밥을 식당에서 먹기 때문에 식당으로 가는 복도 쪽은 오가는 사람들로 북적여서 피해를 준다는 점이다. 복도를 지나갈 때 떠들기도 하고 뛰어가기도 해서 식당근처의 교실은 공부와 휴식에 방해를 받는다. 우리도 밥 먹으러 식당에 가는 시간도 꽤 걸리고 가서도 기다려야 하는 경우가 많다.

 이러한 문제를 해결하기 위해서 다음과 같이 급식 시간을 운영해 주었으면 좋겠다.

첫째, 급식을 받은 즉시 먹게 해야 한다. 그러면 음식이 따뜻하니까 맛도 있고 시간도 절약하여 점심시간을 즐겁게 보낼 수 있다.

둘째, 먹고 싶은 만큼만 먹도록 해야 한다. 사람마다 먹는 양이 다르고 취향이 다르기 때문에 싫은 음식이나 짠 음식까지 다 먹게 하면 소화도 안 되고 즐거운 식사가 방해된다.

셋째, 밥을 교실에서 먹도록 해야 한다. 그러면 기다리거나 복도가 혼잡해질 이유도 없으며 차분하게 친구들과 즐겁게 식사를 할 수 있다.

식사 시간은 즐겁고 편안해야 음식이 소화도 잘되어 건강해질 수 있다. 음식을 받은 즉시 먹을 수 있고, 먹고 싶은 음식은 더 먹거나, 싫은 음식은 남길 수도 있으며, 교실에서 한가하고 여유롭게 먹을 수 있다면 지금보다 더 즐겁고 기다려지는 급식 시간이 될 수 있을 것이다.

25. 인물의 가치관 파악하기

Q 예시 답안 1

투표권을 빼앗기는 것

Q 예시 답안 2

투표권을 빼앗긴다는 것은 국민의 권리를 빼앗기는 것이다.

Q 예시 답안 3

힘이 있는 자들에게 자신이 생각하고 있는 것을 끝까지 주장하여 문제를 해결하는 모습과 어려운 상황에서도 나보다는 나라와 국민을 생각하는 마음을 본받을 만하다. 우리나라도 일제시대에 이런 비슷한 상황이 많았는데 간디처럼 나라의 이익을 위해 싸우다가 자신과 자기 가족들에게 고통을 준 사람들도 많고 오히려 일본의 앞잡이가 되어 일본을 도와주고 자신과 그 가족들을 호화스럽게 산 사람들도 많다.

나라에 어떠한 어려움이 닥쳐도 간디처럼 나라와 국민을 위하는 사람이 많으면 극복할 수 있다. 나도 간디와 같은 애국자가 되어야겠다.

26. 대본 작성하기

Q 예시 답안 1

① 긴장을 하며
② 뜨끔하여
③ 의심을 하며
④ 눈치를 챈 뒤 혼잣말로
⑤ 하닝이는 아무도 몰래 다연이 책상 속에 반지를 넣어둔다.
⑥ 깜짝 놀라며
⑦ 다연이는 하닝이를 의심하였다는 생각에 미안한 마음이 든다. 반지를 다시 찾아서 반가운 마음에 반지를 손가락에 끼어본다.
⑧ 의심했던 마음을 숨기려는 듯 다정한 소리로
⑨ 청소에 열중하고 있다가 깜짝 놀란 듯이
⑩ 하닝이는 반지에는 관심이 없다는 듯 열심히 청소를 하고 다연이는 그런 하연이를 힐끗 돌아보며 청소를 시작한다.

예시 답안

01. 배수 놀이하기

예시 답안 1

28, 56, 84

예시 답안 2

① 인수가 말한 수는 4의 배수이고, 수진이가 말한 수는 7의 배수이므로 두 사람이 말한 수에 모두 포함되는 수는 4와 7의 최소공배수인 28의 배수이다.

② 100 ÷ 28 = 3…16 이므로 100까지 수 중에서 28의 배수는 모두 3개이다.

02. 최소공배수 응용하기

예시 답안 1

○ **답**

```
2 ) 48  30
3 ) 24  15
     8   5
```

○ **방법**

두 사람이 다시 만나는 데 걸리는 시간은 48과 30의 최소공배수인 2 × 3 × 8 × 5 = 240(초)가 걸린다.
세 번째로 출발선에서 만나게 되는 것은 240 × 2 = 480(초), 480 ÷ 60 = 8(분) 후이다.

03. 배수와 약수의 관계 알기

예시 답안 1

배수, 약수

예시 답안 2

- 어떤 수를 몇 배하면 어떤 수의 배수가 되고, 어떤 수를 나누어 떨어지게 하면 어떤 수의 약수가 된다.
- 약수와 배수의 관계는 서로 반대 방향이라고 생각할 수 있다. 즉, 7의 8배가 56이므로, 56은 7과 8의 배수이고, 56은 7과 8로 나누어 떨어지므로 7과 8은 56의 약수가 된다.

04. 분수의 크기 비교하기

Q 예시 답안 1

(1) 명선
(2) - 분자가 4로 같으므로 분모가 작은 명선이가 더 많이 읽었다.

　　- 통분하여 분모를 같게 하면 $\dfrac{36}{63}$과 $\dfrac{28}{63}$이므로 명선이가 더 많이 읽었다.

Q 예시 답안 2

(1) 혜영
(2) 분모가 9로 같으므로 분자가 큰 혜영이가 더 많이 읽었다.

05. 통분 이유 설명하기

Q 예시 답안 1

둔수

Q 예시 답안 2

- 분모를 같게 하기 위해 통분하면 둔수 $\dfrac{5}{8}$ → $\dfrac{25}{40}$, 병수 $\dfrac{1}{2}$ → $\dfrac{20}{40}$, 남수 $\dfrac{3}{5}$ → $\dfrac{24}{40}$만큼 우유를 마셨다. $\dfrac{25}{40}$가 가장 크기 때문에 둔수가 주스를 가장 많이 마셨다.

- $\dfrac{5}{8}$, $\dfrac{1}{2}$, $\dfrac{3}{5}$을 통분하면 $\dfrac{25}{40}$, $\dfrac{20}{40}$, $\dfrac{24}{40}$이다. 여기서 $\dfrac{25}{40}$가 가장 크므로 둔수가 가장 많이 마셨다.

- 분수를 소수로 변환하면 둔수 $\dfrac{5}{8}$ → 0.625, 병수 $\dfrac{1}{2}$ → 0.5, 남수 $\dfrac{3}{5}$ → 0.6 이므로 둔수가 가장 많이 마셨다.

06. 분수셈 응용하기

Q 예시 답안 1

◌ 풀이 과정

$$2\dfrac{2}{3} + 2\dfrac{4}{5} = \dfrac{8}{3} + \dfrac{14}{5} = \dfrac{40}{15} + \dfrac{42}{15} = \dfrac{82}{15}$$

◌ 답

$\dfrac{82}{15}$ 또는 $5\dfrac{7}{15}$

Q 예시 답안 2

○ 풀이 과정

$9\frac{5}{8} - 7\frac{3}{5} = \frac{77}{8} - \frac{38}{5} = \frac{385}{40} - \frac{304}{40} = \frac{81}{40}$

○ 답

$\frac{81}{40}$ 또는 $2\frac{1}{40}$

07. 순서대로 문제 풀기

Q 예시 답안 1

영수가 어제 공부한 시간

Q 예시 답안 2

$1\frac{1}{3}$ 시간 동안 국어 공부, 50분 동안 수학 공부, 1시간 25분 동안 과학 공부

Q 예시 답안 3

$\frac{5}{6}$, $\frac{5}{12}$

Q 예시 답안 4

$1\frac{1}{3} + \frac{5}{6} + 1\frac{5}{12}$ 또는 1시간 20분 + 50분 + 1시간 25분

Q 예시 답안 5

3시간 35분($3\frac{7}{12}$시간)

08. 분수의 곱셈 응용하기

Q 예시 답안 1

○ 풀이 과정

고구마를 심은 밭은 전체의 $\frac{7}{10}$, 고구마를 심지 않은 밭은 $\frac{3}{10}$이므로 콩을 심은 밭의 넓이는
$300 \times \frac{3}{10} = 90$

○ 답

$90m^2$

09. 분수의 곱셈 원리 알기

예시 답안 1

○ **이유**

$\dfrac{1}{3}$의 $\dfrac{1}{2}$이므로 분자는 분자끼리 분모는 분모끼리 계산한다.

○ **답**

2, 6

10. 도형의 조건 알고 그리기

예시 답안 1

그릴 수(있다, 없다)

이유 　두 변 길이의 합이 한 변의 길이보다 짧아서 두 변이 만날 수 없으므로 삼각형을 그릴 수 없다.

예시 답안 2

그릴 수(있다, 없다)

이유 　양 끝각이 90°이기 때문에 두 변이 만날 수 없으므로 삼각형을 그릴 수 없다.

11. 도형의 성질 알기

예시 답안 1

(1) 2등분

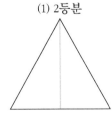

(2) 3등분

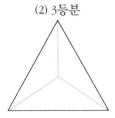

(3) 4등분

(4) 6등분

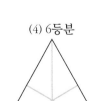

(5) 8등분

(6) 9등분

12. 합동 조건 알기

Q 예시 답안 1

모양이 같게 그려야 한다.

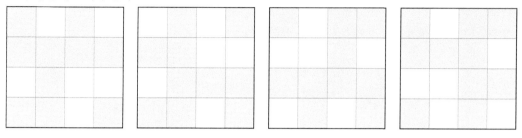

* 이 모양 외에 반대로 그려도 합동이므로 맞게 한다.

Q 예시 답안 2

모양이 같게 그려야 한다.

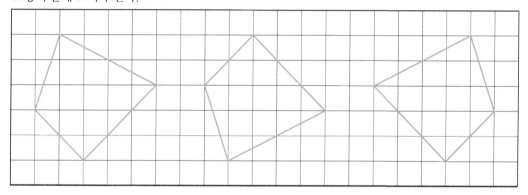

* 이 모양 외에 반대로 그려도 합동이므로 맞게 한다.

Q 예시 답안 3

- 세 변의 길이를 알고 있을 때
- 한 변의 길이와 양 끝 각을 알고 있을 때
- 두 변의 길이와 그 사이에 끼인 각을 알고 있을 때

13. 겨냥도 그리기

Q 예시 답안 1

평행, 실선, 점선, 겨냥도

Q 예시 답안 2

보이지 않는 모서리를 점선으로 그리지 않았기 때문에

14. 겨냥도 응용하기

Q 예시 답안 1

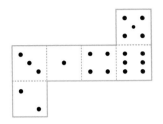

15. 도형 넓이 구하기

Q 예시 답안 1

○ **풀이 과정**

색칠한 작은 삼각형의 넓이가 15cm²이고 밑변이 6cm이므로 높이는 (15 ÷ 6) × 2 = 5이다.
평행사변형의 높이는 작은 삼각형 높이의 2배이므로 5 × 2 = 10이다.

○ **답**

10cm

Q 예시 답안 2

○ **풀이과정**

평행 사변형의 넓이는 (밑변)×(높이)이므로 밑변 10 × 10 = 100이 된다.

○ **답**

100cm²

16. 도형 넓이 구하기

Q 예시 답안 1

직사각형의 넓이에서 큰 직각 삼각형의 넓이를 빼면 된다.

Q 예시 답안 2

70 × 32 - (24 × 52 ÷ 2) = 2,240 - 624 = 1,616

Q 예시 답안 3

1,616cm²

* 문제 해결 방법에 대한 진술의 경우 뜻이 통하면 답으로 인정하도록 한다.
 다른 문제 해결 방법이 있어도 답으로 인정하도록 한다.

17. 알맞은 단위 찾기

예시 답안 1

(1) m²   (4) a

(2) cm²   (5) ha

(3) km²

18. 숫자 활용하기

예시 답안 1

- 연필 한 다스는 12자루이다.
- 신데렐라가 왕자와 만나 마법이 풀리는 시간이 12시이다.
- 1년은 12달이다.
- 예수님의 제자는 12명이다.
- 역법에서 말하는 쥐, 소, 호랑이 등 동물의 띠는 12가지다.
- 12, 24, 36, 48, ...은 12의 배수이다.
- 0, 1, 2, 3, 4, 5, 6, 7, 8, 9, 10, 11은 12로 나누었을 때 나올 수 있는 나머지이다.
- 12진수

19. 소수의 크기 비교하기

예시 답안 1

27.35와 27.350은 같은 수이다. 그런데 '이십 칠점 삼십오'와 '이십 칠점 삼백오십'으로 다르게 읽어야 한다. 따라서 '이십 칠점 삼오'로 읽어야 한다.

예시 답안 2

0.342는 0.001이 342개 있는 것이고 0.75는 0.001이 750개 있는 것이다. 따라서 0.75가 0.342보다 크다.

20. 분수와 소수의 크기 비교하기

예시 답안 1

③ $\frac{17}{3}$ ④ $\frac{23}{4}$

예시 답안 2

5.6과 5.85 사이에 있는 분수를 찾기 위해서는 분수를 소수로 고쳐서 찾으면 된다. ①은 5.66…, ②는 5.44…, ③은 5.666..., ④는 5.75, ⑤는 5.875이다. 따라서 5.6과 5.85 사이에 있는 분수는 ③, ④번이다.

21. 혼합 계산 방법 알기

Q 예시 답안 1

(1) ①은 왼쪽부터 차례대로 계산을 하였다. 즉 $\frac{7}{5}$과 5의 곱을 계산한 다음 나누기 7을 곱하기 $\frac{1}{7}$로 하였다.

(2) ②는 먼저 나눗셈을 곱셈으로 고친 다음 오른쪽의 두 수 즉 5와 $\frac{1}{7}$의 곱을 먼저 계산하였다.
그 결과와 $\frac{7}{5}$의 곱을 계산하였다.

22. 혼합 계산 방법 알기

Q 예시 답안 1

○ 식

$\frac{2}{3} \div 4 = \frac{2}{12} = \frac{1}{6}\ell$

○ 답

$\frac{1}{6}\ell$

Q 예시 답안 2

○ 식

$\frac{2}{3} \times \frac{1}{4} = \frac{2}{12} = \frac{1}{6}\ell$

○ 답

$\frac{1}{6}\ell$

* 나눗셈과 곱셈에 단위(ℓ)가 들어가지 않았거나 중간식이 없어도 답이 맞은 것은 정답으로 한다.

23. 도형의 대응 규칙 찾기

Q 예시 답안 1

포개어진다.

Q 예시 답안 2

대칭의 중심

예시 답안 3

ㄹ, ㅁ, ㅂ

예시 답안 4

ㄹㅁ, ㅁㅂ, ㅂㄹ

예시 답안 5

ㄹㅁㅂ, ㅁㅂㄹ

예시 답안 6

선분 ㅇㅂ

24. 참과 거짓 구별하기

예시 답안 1

희진, 유리

예시 답안 2

학생명	반례
지은	평행사변형은 점대칭도형이지만 선대칭도형은 되지 않는다.
순우	정삼각형, 정오각형, 정칠각형 등은 선대칭도형이지만 점대칭도형은 아니다.
순혁	직각삼각형의 빗면을 중심축으로 회전하면 원뿔이 만들어지지 않는다.

25. 정사각형 그리기

예시 답안 1

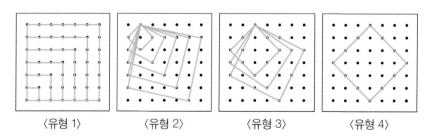

〈유형 1〉   〈유형 2〉   〈유형 3〉   〈유형 4〉

* 동일 유형의 반복된 그림은 한 개의 그림으로 인정하되 감점은 주지 않는다.
* 정사각형이 아닌 그림에 대해서는 감점을 부여한다.

260 초등 5학년 서술형·논술형 문제집

26. KTX 속도 구하기

Q 예시 답안 1

○ **식**

$320.75 \times 1.5 = 481.125$

○ **답**

481.125km

27. 소수의 곱셈 원리 이해하기

Q 예시 답안 1

(1) 0.7×0.05

$0.7 \times 0.5 = 0.35$ 이고 $0.7 \times 0.05 = 0.7 \times 0.5 \times 0.1$로 나타낼 수 있으므로

$0.7 \times 0.5 \times 0.1 = 0.35 \times 0.1 = 0.035$

(2) 0.07×0.5

$0.7 \times 0.5 = 0.35$ 이고 $0.07 \times 0.5 = 0.7 \times 0.1 \times 0.5$로 나타낼 수 있으므로

$0.7 \times 0.1 \times 0.5 = 0.7 \times 0.5 \times 0.1 = 0.035$

28. 소수의 나눗셈의 몫과 나머지 구하기

Q 예시 답안 1

○ **맞은 사람**

경순의 말이 맞다.

○ **이유**

몫을 구할 때에는 소수점을 오른쪽으로 한 자리씩 옮겨 $369 \div 14$로 계산하여 구해도 된다. 그런데 나머지는 원래의 수 36.9에서 뺀 나머지이므로 0.5가 되어야 하기 때문이다.

29. 소수의 나눗셈 응용하기

Q 예시 답안 1

○ **식**

$6 \div 19 = 0.3157$

○ **이유**

내림을 하여야 한다. 올림이나 반올림을 하면 6ℓ가 넘는다.

○ **답**

0.31ℓ

Q 예시 답안 2

○ **식**

$365.4 \div 2 \div 6 = 30.45$

○ **답**

30.45

30. 제시된 자료 해석하기

Q 예시 답안 1

줄기	잎			
1	0	7		
2	2	9	3	
3	7	1	4	2
4	5	1	1	

Q 예시 답안 2

- 줄기 3의 잎이 가장 많다.
- 줄기 1의 잎이 가장 적다.
- 학급 홈페이지 접속 횟수는 30회대가 가장 많다.
- 45(41)회를 한 학생은 이 모둠에서 학급 홈페이지 접속을 많이 한 편이다.
- 10(17)회를 한 학생은 이 모둠에서 학급 홈페이지 접속을 못한 편이다.
- 학급 홈페이지 접속을 가장 적게 한 학생은 10회를 했다.
- 학급 홈페이지 접속을 가장 많이 한 학생은 45회를 했다.
- 줄기는 4개이다.
- 줄기 1의 잎은 2이다.
  (줄기 2의 잎은 3이다. 줄기 3의 잎은 4이다. 줄기 4의 잎은 3이다.)
- 이 분단의 학생들은 학급 홈페이지 접속을 약 30회 정도 하였다고 볼 수 있다.

31. 자료를 표현하기

Q 예시 답안 1

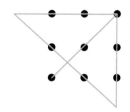

Q 예시 답안 2

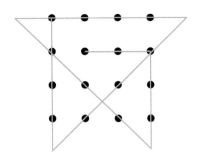

32. 논리적으로 표현하기

Q 예시 답안 1

- 외국어기관과 우리 집 사이의 거리
- 외국어교육기관의 강사
- 외국어교육기관의 외국어교육과정
- 외국어교육기관의 수업 시간표
- 그동안 외국어교육기관을 다녔던 선배들의 진학 경로
- 외국어교육기관에 참여할 때 드는 비용
- 각 외국어교육기관의 선발 방법
- 외국어교육기관의 선발 인원
- 내 주변 친구들의 선택
- 외국어교육기관까지의 교통편
- 외국어교육기관까지의 이동 시간

 * 아이디어가 논리적이지 않은 것은 점수를 부여하지 않는다.

33. 여러 가지로 표현하기

Q 예시 답안 1

최고	이모티콘	~~v	~~b
	설명	승리의 브이를 펼친 모습이다.	엄지손가락을 치켜든 모습이다.
당황스럽다	이모티콘	ㅡ.ㅡ;;	~~;;
	설명	난감해 하며 땀 흘리는 모습이다.	웃는 모습에서 땀 흘리는 모습이다.

34. 비와 비율 계산하기

Q 예시 답안 1

- 수진이네 가족과 수영이네 가족은 똑같이 도착한다. 왜냐하면 16km를 가는 데 걸리는 시간을 계산하면, 수진 : 20분, 수영 : $\frac{25}{20} \times 16 = 20$분으로 같은 시간이 걸린다.

  따라서 동시에 도착한다.

- 1분 동안 달린 거리

  수진 : $\frac{8}{10} = \frac{4}{5}$ km, 수영 : $\frac{20}{25} = \frac{4}{5}$ km

  따라서 동시에 도착한다.

- 비의 값으로 알아보면, 수진이는 10분 : 8km, 5분 : 4km

  수영이는 25분 : 20km = 5분 : 4km 비가 같으므로 동시에 도착한다.

35. 여러 가지 방법으로 비율 비교하기

Q 예시 답안 1

- 라

- 비율 = $\frac{(비교하는양)}{(기준량)}$ 이고, (비교하는 양)이 (기준량)보다 크면 비의 값이 1보다 크게 된다.

  주어진 예들에서 비율을 찾아 소수로 나타내어 보면,

  가. 0.8

  나. 96% = 0.96

  다. $\frac{3}{4}$ = 0.75

  라. 10할 2푼 = 1.02이다.

  ∴ 비의 값이 1보다 큰 경우는 10할 2푼 뿐이다.

36. 어떤 수 해결 방법 찾기

Q 예시 답안 1

$5 \times 5 \times 5 = 125$

$7 \times 7 \times 7 = 343$

$8 \times 8 \times 8 = 512$

따라서, $(8 \times 8 \times 8) - (8 \times 8) = 512 - 64 = 448$ 이므로 어떤 수는 8이다.

37. 규칙 찾아 문제 해결하기

ⓠ 예시 답안 1

◎ 풀이 과정

1개월 전 : 224 ÷ 2 = 112
2개월 전 : 112 ÷ 2 = 56
3개월 전 : 56 ÷ 2 = 28
4개월 전 : 28 ÷ 2 = 14
5개월 전 : 14 ÷ 2 = 7

◎ 답
7마리

38. 규칙 찾아 차례대로 풀기

ⓠ 예시 답안 1

- 두 수를 곱해서 아래에 답을 쓰는 방법으로 문제를 해결하면 된다.
- 그러므로 ○에 들어가는 수는 다음과 같다.

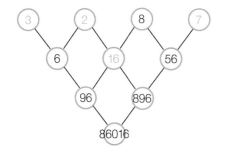

예시 답안

01. 공통점 찾기

Q 예시 답안 1

(2) → (3) → (1)

Q 예시 답안 2

- 불교를 받아 들였다.
- 한강 유역을 차지하기 위해 노력하였다.
- 신분 제도를 시행하였으며 신분에 따라 생활하는 모습이 달랐다.
- 건국 신화를 가지고 있고 건국 신화는 모두 알에서 태어났다.

02. 관찰하고 예상하기

Q 예시 답안 1

- 고기잡이 하는 어부들이 많았는데 마을 가까이에 고래들이 자주 나타난 것 같다. 왜냐하면 고기 그림이 많고 큰 고래 정도 크기의 물고기가 그려져 있기도 하기 때문이다.
- 새끼를 가진 고기가 있다. 왜냐하면 동물 속에 작은 모습의 고기를 또 그려 놓았다.
- 들짐승을 사냥하는 사냥꾼이 많은 것 같다. 왜냐하면 다양한 짐승들의 모습과 사냥할 때 사용하던 도구들이 보인다.
- 배를 타고 나가 고기를 잡았다. 왜냐하면 배를 그리고 그 위에 고기들이 실려 있는 모습의 그림이 있기 때문이다.

03. 대안적 결과 숙고하기

Q 예시 답안 1

　고구려인은 높은 기상을 가지고 있었고 넓은 영토를 가지고 있었기 때문에 고구려가 삼국 통일을 이루었다면, 당나라의 도움을 받지 않고 자력으로 통일을 이루어 오늘날 우리나라의 국토 면적이 북쪽으로 더 넓었을 것이다.

　신라에게 멸망하고도 고구려인은 북쪽에 발해라는 나라를 세우게 된다. 그만큼 고구려의 기상과 위력은 대단했다고 생각되므로 고구려가 삼국 통일을 이루었다면 우리 나라는 주변 국가와 당당히 외교를 펼칠 수 있는 무대가 펼쳐졌을 것이다.

04. 유형 분류하기

예시 답안 1

① 농사에 사용된 유물 : 돌보습, 돌괭이
② 의생활에 사용된 유물 : 뼈바늘, 가락바퀴
③ 식생활에 사용된 유물 : 돌그물추, 갈판과 갈돌

예시 답안 2

농사를 지으며 실로 옷을 만들어 입었고, 고기잡이를 하였으며 곡식을 갈아 먹었다.

05. 원리 찾기

예시 답안 1

- 고조선의 영토임을 알 수 있는 유물 : 비파형 동검, 탁자 모양 고인돌, 미송리식 토기는 고조선의 독특한 유물이다.
- 고조선을 추측할 수 있는 원리 : 당시 시대에는 문화의 교류가 활발하지 않아 출토되는 유물은 그 지역에 누가 살았는지 알 수 있다. 그러므로 고조선의 독특한 유물이 발견되는 지역이 고조선의 세력권이었다고 할 수 있고 그 당시의 영토를 나타낸다.

06. 순서 설명하기

예시 답안 1

◎ **각 도구들의 제작 방법**
- 뗀석기 : 돌끼리 부딪혀서, 깨트려서, 큰 돌에서 떼어 내서 만듦.
- 간석기 : 돌을 갈아서 만듦.
- 청동기 : 구리를 불에 녹여 주석이나 아연을 섞어서 만들어 틀에 부어 만듦.

◎ **전체적인 특징**
- 시대가 흐를수록 튼튼하면서도 날카롭고 정교하게 발전하였다.
- 쓰임이 세분화 되었다.

07. 근거 제시하기

예시 답안 1

① 청동거울 : 귀한 물건으로 권력을 가진 사람이 나타났으며 제사를 지냈다.
② 반달돌칼 : 농사를 지었으며 반달돌칼을 현재의 낫처럼 사용해 수확을 했다.
③ 고인돌 : 권력을 가진 사람의 무덤으로 돌을 나르기 위해 많은 힘이 필요했다.

08. 특성 이해하기

Q 예시 답안 1

- 육로를 통해 중국에 가려면 백제나 고구려를 거쳐야 하지만 한강 유역을 차지하면 배를 타고 바로 중국과 직접 교류할 수 있다.
- 백제와 고구려의 연결을 끊어 동맹을 약화시킬 수 있다.
- 중국을 가기 위해 먼 바닷길을 돌아 갈 필요가 없다.

09. 분석하기

Q 예시 답안 1

- 고조선은 사회 질서가 매우 엄격하였다.
- 농사를 짓는 사회였고, 개인의 재산이 인정되었으며, 생명을 소중히 여겼다.
- 신분의 차이가 발생하였으며, 노비가 있었다는 점을 알 수 있다.

10. 원인 찾기(원인 설명하기)

Q 예시 답안 1

빗살무늬 토기로 곡식을 조리하거나 저장하는 데 쓰인다.

Q 예시 답안 2

- 토기에 무늬를 새긴 이유는 토기를 구울 때 토기가 깨지는 것을 막기 위해서이다.
- 무지개 무늬는 비가 잘 오기를 바라는 마음에서였다.
- 생선뼈 무늬는 고기를 많이 잡기 바라는 마음에서 새겼을 것이다.

11. 관계지어 설명하기

Q 예시 답안 1

단군왕검은 세상을 널리 이롭게 하고 싶어 땅으로 내려왔어. 곰이 환웅을 찾아와서 사람이 되고 싶다고 했을 때 환웅은 마늘과 쑥만 먹으면서 100일 동안 햇빛을 보지 않으면 사람이 된다고 알려 주었지. 여기서 고조선이란 후에 이성계가 세운 조선과 구분하기 위해 고조선이라고 부르는 거야. 단군왕검이 지금까지도 전해져 오는 이유는 '우리나라가 하늘의 자손인 단군왕검의 자손이므로 선택받은 위대한 민족이다'는 생각을 갖고 어려울 때마다 뭉칠 수 있도록 하기 위해서란다.

12. 비교하기

Q 예시 답안 1

① 단군왕검

② 모든 사람이 평등하다.
③ 8조법
④ 청동기와 석기, 철기
⑤ 고인돌

13. 평가하기

Q 예시 답안 1

석굴암은 국보 제 24호로 751년 경덕왕 시절에 김대성이 발원하여 전세의 부모를 위해 짓기 시작했다. 창건 당시에는 석불사라고 하였는데 김대성이 죽자 신라 왕실에서 완성했다고 한다. 따라서 석굴암은 김대성이 창건했다기보다, 신라 왕실의 염원에 의해 국가적인 차원에서 이루어진 것이라고 볼 수 있다. 석굴암은 여러 개의 판석과 돌로 천장 석실의 비례와 균형을 유지하면서 축조된 인공석굴이라는 점에서 인도나 중국 등 다른 나라에서는 그 예를 찾아보기 어려운 문화 유산이다.

14. 정보 정리하기

Q 예시 답안 1

가야

Q 예시 답안 2

가야는 백제와 신라의 간섭과 압력 속에서 두 나라와 경쟁할 만한 세력으로 성장하지 못하였지만 풍부한 철의 생산과 해상 교통을 이용하여 낙랑과 왜의 규슈 지방을 연결하는 중계무역을 하며 성장해 갔다. 각 소국이 독자적인 정치 기반을 유지하였던 가야는 백제와 신라의 압력으로 중앙집권 국가로 발전하지 못하고 신라의 법흥왕 때에는 금관가야가 멸망하고, 진흥왕 때에는 대가야가 멸망하였다.

15. 가치 내면화하기

Q 예시 답안 1

발해

Q 예시 답안 2

- 고구려의 옛 영토를 회복하여 우리의 역사가 이어지게 하였다.
- 고구려의 영토보다 더 많은 곳을 차지하여 우리의 기상을 높였다.
- 고구려의 문화를 계승함으로써 우리 겨레의 혼을 만주에 심었다.

  * 발해로 인해 우리 민족의 활동 무대를 유지하고 발전시켰다는 내용이 들어가면 맞는 것으로 처리한다.

16. 의사 결정하기

Q 예시 답안 1

전하, 저는 강화도로 수도를 옮겨야 한다고 생각합니다. 그 이유는

첫째, 강화도는 개경과 지리적으로 가까워 빨리 옮길 수 있습니다.

둘째, 몽고군대는 강력한 기마 병력을 가지고 있으나 수군이 없어 바다를 건널 수 없습니다.

셋째, 강화도는 육지와 가까우면서 육지와 섬 사이에 강한 조류가 흘러 수군이 있는 우리는 육지에 쉽게 갈 수 있지만 몽고군은 침범할 수 없습니다.

그러니 강화도로 수도를 옮기소서.

17. 통합적 비교하기

Q 예시 답안 1

고려 사회에서도 공적인 업무를 보는 것은 대부분이 남성이었지만 가족 제도만 보자면 여성도 상당한 권리를 가졌다. 이것은 조선시대에 여성이 남성에 속해 있던 것과 비교된다. 우선 재산이 아들과 딸 구분 없이 균등하게 상속되었다. 따라서 의무도 균등하게 주어져 부모가 살아 있을 때 부모를 모시는 일은 아들과 며느리뿐만 아니라 딸과 사위가 맡는 경우도 많았다. 부모가 죽은 뒤에도 제사 역시 아들뿐 아니라 딸도 돌아가며 모셨다. 그러나 조선시대는 재산을 모두 아들에게 양도하는 대신 제사나 부모를 모시는 일은 남성의 몫이었다.

18. 사례 들어 개념 파악하기

Q 예시 답안 1

① 문화재 이름 : 팔만대장경판

② 백성의 마음을 하나로 모아 생각의 통일성을 갖게 하고 국가적 행사를 통해 나라의 안정과 행복을 빌고 왕권을 강화하기 위해서였다.

19. 평가하기

Q 예시 답안 1

순위	문화재 이름	우수성
(1)	고려청자	고려청자의 상감기법은 조형미와 색이 아름답기 때문
(2)	직지심체요절	현존하는 세계에서 가장 오래된 금속 활자본이기 때문
(3)	신기전	고려 말 왜구를 물리치는 데 사용된 화약 기술이라서

20. 용어 설명하기

Q 예시 답안 1

① 고려　　　　　　　② 고구려　　　　　　　③ 거란족

Q 예시 답안 2

④ (벽란도)는 예성강 하구에 자리 잡고 있어 송을 비롯한 요, 금, 일본 등 주변 나라와 무역이 이루어졌다. 또한 멀리 아라비아 상인까지 교역하는 국제 무역항이었다.

Q 예시 답안 3

- 호족 세력의 여러 집안과 결혼을 하여 지방 세력을 우대하면서 견제하였다.
- 노비안검법을 실시하여 억울하게 노비가 된 백성을 풀어주었다. 과거제도를 실시하여 인재를 등용하였다.

21. 까닭 찾기

Q 예시 답안 1

(1) 시대 : 조선시대
(2) 신분제도 : 양반, 중인, 상민, 천민
(3) 생활모습 : 유교의 전통으로 신분에 따라서 백성들의 생활 모습은 엄격하게 구분되었다.

22. 비교하기

Q 예시 답안 1

	양반	상민
(1) 옷 차림	갓 도포를 착용	바지와 저고리 등 편한 옷을 입음
(2) 주로 했던 일	관직에 나가 나라 일하기, 글공부, 시를 쓰며 여가보내기	농사짓기, 생산 활동에 종사하기
(3) 살았던 집	기와집에 살며 남성과 여성의 생활 공간이 다름	초가집에 살며 남성과 여성의 생활 공간을 나누지 못함

23. 지도 읽기

Q 예시 답안 1

- 한반도의 중앙부에 위치하고 있다.
- 사방이 산으로 둘러싸여 적의 침입을 막기에 좋다.
- 육로와 수로 교통이 편리하다.

24. 가설 추론하기

예시 답안 1

- 자격루의 사용으로 시간을 정확히 알 수 있었을 것이다.
- 천체 관측에 혼천의를 사용하여 계절의 변화를 예측하고 농사에 활용했을 것이다.
- 앙부일구(해시계)의 사용으로 자연 환경을 살피고 시간, 농업과 밀접한 24절기를 알 수 있었을 것이다.

25. 탐구 주제 파악하기

예시 답안 1

- 조선시대의 농사짓는 모습과 신분에 따라 하는 일을 탐구한다.
- 조선시대의 민속놀이에 대해서 알아보고 신분질서의 이완에 대해 탐구한다.
- 조선시대의 5일장(상업)에 대해 탐구한다.

  * 그림과 연관된 탐구 주제를 찾으면 정답으로 처리한다.

26. 주장하기

예시 답안 1

전쟁에 대비하여 군사를 훈련시키고 나라의 힘을 키워야 합니다. 일본은 도요토미 히데요시가 일본을 통일하고 불만 사항을 나라 밖으로 돌리기 위해 전쟁을 하려고 합니다. 그래서 네덜란드로부터 신무기인 조총을 받아들여 강력한 무장을 하고 있습니다. 그런데 조선은 그동안 너무 태평성대로 군사를 키우지 않았습니다. 이제부터라도 대비해야 한다고 생각합니다.

27. 통합적 평가하기

예시 답안 1

● 긍정적인 평가

- 고려의 왕에 대한 충성심으로 두 임금을 섬길 수 없다는 대쪽 같은 성격의 소유자이다. 끝까지 나라를 지키려는 애국자라 존경스럽다.

● 부정적인 평가

- 고려의 지도부는 이미 부패하여 백성들의 삶은 도탄에 빠졌다. 백성들의 생활을 살리기 위해서라도 이성계와 함께 새로운 나라를 만드는데 노력하여 백성들을 살리려 노력했어야 한다고 생각한다.

  * 긍정적인 평가와 부정적인 평가가 타당한 내용이면 정답으로 처리한다.

28. 영향 인식하기

Q 예시 답안 1

- 배우기 쉽고 모든 소리를 표현할 수 있는 한글을 통해 백성들도 쉽게 문자를 사용할 수 있게 되었다.
- 여성들도 쉽게 글을 배워 사용하였으며 한글 시, 소설 등이 등장해 우리 문화를 발전시켰다.
- 평민들도 쉽게 글을 배워 사용할 수 있어 책으로 지식의 전파가 빨리 이루어졌다.

29. 합리적 선택하기

Q 예시 답안 1

◎ 이성계처럼 위화도 회군을 한다. 그 이유는

첫째, 국력이 약해진 고려가 요동을 정벌할 경우 강대국으로 커지고 있는 명나라를 자극해 더욱 큰 위험에 처할 수 있을 것이다.

둘째, 병력을 요동정벌에 모두 투입하면 왜구가 남해안에 창궐할 것이다.

셋째, 장마철에 정벌을 하면 전염병 등 뜻하지 않은 적과 싸워야 한다.

◎ 요동을 정벌한다. 그 이유는

첫째, 요동은 우리나라 옛 땅으로 꼭 찾아야만 한다.

둘째, 군인으로 나라의 명을 받았으면 그대로 실행해야 한다.

30. 결과 예상하기

Q 예시 답안 1

청나라에서 발전한 서양 문물을 접하여 조선사회의 생활양식에 많은 변화가 있었을 것이다. 망하는 명나라와의 명분을 따지는 외교에서 청나라로 실리를 따지는 외교를 펴 동북아시아의 강자가 되었을 것이다. 서양에 대한 문호를 빨리 개방해 기술이 발전하여 일본으로부터 침략을 당하지 않았을 것이다.

31. 통합인식적 추론하기

Q 예시 답안 1

- 정조는 나라를 바로 세우기 위해서 왕권을 강화해야 한다고 생각하고 여러 가지 개혁 정치를 시도하였다. 임금을 도와 나랏일을 할 인재를 뽑고 서민들도 벼슬을 할 수 있는 기회를 주었다. 또한 왕실의 도서관인 규장각을 설치하여 새로운 인재들이 나랏일을 연구하도록 하였다. 그리고 현재의 수원에는 계획도시인 화성을 건설하여 군사와 상업의 중심지로 만들고자 하였다.
- 정조는 왕권을 강화하고 새로운 인재를 뽑았으며 규장각을 설치하였다.
- 화성을 건설하였고 자유 상업을 장려하였으며 각종 편찬 사업을 실시하였다.
- 임진왜란과 병자호란 이후 농사 지을 토지가 약 170만 결에서 약 50만 결로 줄어들었으며, 인구 역시 약 416만 명에서 약 152만 명으로 줄어들었다.

32. 통합인식적 원인 찾기

ⓠ 예시 답안 1

상평통보

ⓠ 예시 답안 2

장이 발달했기 때문이다.
사람들이 화폐를 사용하면 장에서 물건을 쉽게 사고팔 수 있기 때문이다.
물건을 사고 파는 상인이 많아지고 거래량이 많아졌기 때문에 나라에서 상평통보를 만들어 사용하게 장려했고 나라에서 세금, 벌금 등을 화폐로 내게 했기 때문이다.

33. 관계지어 이해하기

ⓠ 예시 답안 1

"양반이면 뭐하나"

나는 양반의 집안에 태어났다. 신분의 차별이 있는 조선에 양반집에 태어났으니 부럽다고 할 사람이 서민 중에는 있겠지만 나는 양반이지만 마음 편할 날이 없다. 아버지는 탕건을 쓰고 자리를 짜시고 어머니는 물레를 돌리신다. 내가 돕겠다고 말하면 아버지는 불호령이 나신다. 나라도 선비집 안답게 글공부를 게을리하지 않고 과거에 급제해야 한다고 하시며 아버지 걱정을 말라 하신다. 어머니의 고운 손도 물레에 성할 날이 없으니 글공부를 하러 자리에 앉았으나 내 마음이 무거운 건 당연한 일인지도 모른다. 며칠 전 아랫말 장에서 크게 돈을 벌어 부자가 되었다는 오 서방이 아버지께 공명첩을 거론하며 아버지가 관아에 진 빚을 갚아주겠노라고 말하는 소리를 들으니 내 가슴이 더 찢어질 듯하다.

34. 통합인식능력

ⓠ 예시 답안 1

제목: 아버지와 남편, 그리고 아들

정조 5년 8월 5일

내 아들 대성이가 잘 지내는지 오늘 밤은 유달리 걱정이 된다. 여식으로 태어나 어릴 적 아버지 말씀에 순종하고 시집 와서 남편의 그림자를 좇아 살아온 세월들이 생각난다. 내 머리 흰 서릿발이 몇 개인지 세기 어려운 나이구나. 아버지 대신 남편의 말에 순종하고 집안의 종손을 잘 키워야한다는 사명감으로 내 아들을 키워왔다. 대성이는 나라에 도움이 되는 큰 재목이 되게 해달라고 천지신명께 오늘도 빌고 빌어 본다.

35. 통합인식능력

예시 답안 1

  나는 우리나라에 두 개의 정부가 아닌 하나의 정부가 수립되어야 한다고 생각한다. 시간이 걸리더라도 반드시 통일 정부 수립을 이루어야 한다. 북한과의 협상도 계속 시도하여야 한다. 그것이야말로 대한민국의 자주독립을 이루는 길이다.

예시 답안

01. 지구와 달의 모양 관찰하기

Q 예시 답안 1

지구에서 관찰할 수 있는 것	달에서 관찰할 수 있는 것
육지, 바다, 구름 등	- 운석 구덩이 - 밝은 부분과 어두운 부분 등

Q 예시 답안 2

지구와 달의 공통점	지구와 달의 차이점
모두 둥근 모양	- 지구에는 구름과 바다가 있으나 달은 없음 - 달에는 밝은 부분과 어두운 부분이 나뉘어져 있음

02. 지구의 모양 설명하기

Q 예시 답안 1

- 지구가 둥근 모양인 까닭은 지구 위의 배 모습이 점차 멀어지면서 아랫부분부터 사라지다가 전부 보이지 않기 때문이다.

03. 우주에서 생물이 살아가는 데 필요한 요소 제시하기

Q 예시 답안 1

필요한 장비 이름	장비가 필요한 까닭
산소통	호흡을 하기 위해
체온 조절장치	체온을 조절해 주기 위해
통신장치	우주선 본부와 연락할 수 있기 위해
우주선과 연결된 이음줄	우주선에서 분리되어 우주 고아가 될 수 있기 때문에

04. 지구의 자전으로 생기는 현상 제시하기

Q 예시 답안 1

- 낮과 밤이 생긴다.
- 해, 달과 별이 뜨고 진다.
- 밤에는 별들이 동쪽에서 서쪽으로 움직이는 것처럼 보인다.
- 태양이 움직이는 것처럼 보인다.

05. 달의 모양과 위치 변화 관찰하기

Q 예시 답안 1

Q 예시 답안 2

- 달이 지구 주위를 돌면서 달의 위치가 바뀌기 때문이다.
- 달이 지구 주위를 돌기 때문이다.

06. 전기놀이를 통한 도체 이해하기

Q 예시 답안 1

- 철사 고리와 철사 길이 닿았기 때문이다.
- 철사는 전기가 통하기 때문에 철사 고리와 철사가 닿게 되면 전구가 켜진다.

07. 전기회로 조작하기

Q 예시 답안 1

* 전선을 +과 −극에 연결하고 그 사이에 전구를 연결하는 그림이면 정답처리 함

Q 예시 답안 2

1. 전지의 +극에 전선을 연결하고 그 끝을 -극과 전구와 연결된 전선을 연결하면 전기가 흘러 전구에 불이 켜진다.
2. 전지의 -극에 전선을 연결하고 그 끝을 +극과 전구와 연결된 전선을 연결한다.

08. 전자의 연결 방법 비교하기

Q 예시 답안 1

구분	연결방법	특징
가	직렬연결	- 전구의 밝기가 밝다. - 전지를 오래 쓸 수 없다.
나	병렬연결	- 전구의 밝기가 직렬연결보다 어둡다. - 전지를 오래 쓸 수 있다.

09. 뿌리의 구조 설명하기

Q 예시 답안 1

뿌리의 모양이 나무보다 크거나 나무와 같은 크기의 모양으로 그리면 정답 처리함.

Q 예시 답안 2

- 나무의 크기에 따라 뿌리의 모양이 달라진다.
- 큰 나무일수록 뿌리의 모양이 크다.
- 뿌리가 커야 나무가 튼튼하게 버틸 수 있다.

10. 줄기의 겉모양과 하는 일 설명하기

Q 예시 답안 1

- 바오밥 나무가 살고 있는 환경은 비가 거의 오지 않기 때문에 줄기에 물을 저장하려고 그렇단다.
- 바오밥 나무는 비가 잘 오지 않는 척박한 땅에서 살기 때문에 물과 영양분을 줄기에 보관하기 위해서 그렇단다.

11. 잎에서 만들어지는 물질 제시하기

Q 예시 답안 1

감자가 자라기 위해서는 감자 잎이 필요하다. 감자 잎은 햇빛을 받아 영양분을 만들어 감자에 저장한다. 그러니 영양분을 만드는 감자 잎이 없으니 감자가 만들어지지 않는다.

278 초등 5학년 서술형·논술형 문제집

12. 꽃의 기능을 설명하기

Q 예시 답안 1

- 꽃은 씨를 만드는 일을 함으로써 번식을 담당한다.
- 꽃은 꿀과 꽃가루를 만들어 동물의 먹이로 제공하며, 동물은 꿀을 먹으면서 꽃가루를 옮겨 식물의 번식을 도와주는 역할을 한다.
- 꽃은 암술과 수술이 수정하여 씨앗을 만들며, 씨앗을 통해 식물을 번식하도록 돕는다.

Q 예시 답안 2

- 꽃은 꿀벌을 통해 열매를 맺고 씨앗을 만들어 번식한다.
- 꿀벌은 식물의 번식을 돕는 동물이다. 식물은 꿀벌을 통해 열매를 맺어 우리 인간의 식량을 공급한다. 따라서 식물의 번식을 돕는 꿀벌이 사라지면 식물은 열매를 만들 수 없으며, 식물의 열매를 식량으로 하는 인간은 식량이 부족하게 되어 결국 인간마저 멸망한다는 주장이다.

13. 물에 사는 작은 생물이 살아가는 환경 특징 제시하기

Q 예시 답안 1

- 물이 고여 있는 연못, 작은 호수에서 산다.
- 물이 흐르는 정도에 따라 다양한 생물이 살아간다.
- 해캄은 대부분 뭉쳐서 살며, 고여 있는 물이나 물의 흐름이 매우 적은 곳에서 살아간다.
- 작은 생물은 주로 모여 있어 서로에게 먹이와 사는 곳을 제공하며 살아간다.

14. 땅에 사는 작은 생물이 살아가는 환경 특징 제시하기

Q 예시 답안 1

- 이끼나 버섯 종류는 대부분 습한 곳이나 나무껍질 등에서 살아간다.
- 대부분 영양분이 많은 땅이나 나무껍질 등에서 주로 살아간다.
- 주로 흙이나 나무껍질, 돌 틈에서 영양분을 섭취하며 살아간다.
- 개미는 단맛의 수액을 만드는 나무껍질이나 땅 속에서 살아간다.

15. 작은 생물과 우리 생활과의 관계 설명하기

Q 예시 답안 1

- 청국장, 요구르트, 식초, 치즈, 된장, 젓갈

Q 예시 답안 2

작은 생물 이름	우리에게 도움을 주는 내용
지렁이	- 흙을 먹어 배설하여 영양분을 만들어 식물이 잘 살 수 있는 흙을 만들어준다. - 흙 속에 있는 음식물 쓰레기 등을 분해해 준다.
무당벌레	- 진딧물의 천적으로 진딧물을 잡아먹으며 식물이 잘 살 수 있도록 도와준다.

16. 뼈가 하는 일 알아보기

Q 예시 답안 1

뼈의 종류	하는 일
머리뼈	뇌를 보호한다.
갈비뼈	심장과 폐 등 우리 몸속의 여러 기관을 보호한다.
등뼈	우리 몸을 지탱하게 해준다.

17. 근육이 하는 일 알아보기

Q 예시 답안 1

◎ **구부릴 때**

팔의 안쪽 근육이 오므라들고, 바깥쪽 근육은 펴진다.

◎ **펼 때**

팔의 바깥쪽 근육이 오므라들고, 안쪽 근육은 펴진다.

18. 음식물의 소화과정 설명하기

Q 예시 답안 1

음식물 → 입 → 식도 → 위 → 십이지장 → 작은창자 → 큰창자 → 항문

19. 숨을 쉴 때 우리 몸의 변화 알아보기

Q 예시 답안 1

숨을 들이마시면 가슴이 부풀어 올라 가슴둘레가 커지기 때문에 정확하지 않기 때문이다.

Q 예시 답안 2

숨을 들이마시면 가슴속 폐에 공기가 들어가기 때문에 부풀어 오르게 된다. 따라서 폐에 공기가 가득차면 부풀어 오르고 이에 따라 가슴도 부풀어 올라 커지기 때문이다.

20. 콩팥의 하는 일 알아보기

Q 예시 답안 1

혈액에서 노폐물을 걸러내어 오줌을 만드는 일을 한다.

Q 예시 답안 2

정수기 필터, 음식물찌꺼기 거름망, 화장실 하수구 거름망

21. 운동을 할 때 우리 몸의 변화 살펴보기

Q 예시 답안 1

- 온 몸에 땀이 나서 옷이 거의 젖었을 것이다.
- 한참을 뛰고 난 뒤라 숨이 찰 것이다.
- 오랫동안 뛰고 나서 무척이나 목이 마를 것이다.
- 한참을 뛰고 난 뒤라 무척이나 더울 것이다.

Q 예시 답안 2

- 운동을 하게 되면 우리 몸은 에너지를 얻기 위해 산소가 더 많이 필요하게 된다. 따라서 호흡이 빨라진다.
- 운동을 하게 되면 에너지가 더욱 많이 필요하기 때문에 에너지를 공급하는 혈액순환도 빨라지게 되어 심장의 박동수 역시 빨라지게 된다.
- 운동을 하게 되면 체온이 올라가기 때문에 체온을 유지하도록 땀이 나게 된다.

22. 일상 생활에서 감각 기관이 하는 일을 도와주는 도구 찾아보기

Q 예시 답안 1

감각기관	일상생활의 도구
눈	안경, 망원경, 현미경, 돋보기
귀	청진기, 보청기
피부	체온계, 온도계

23. 물에 여러 가지 가루를 넣었을 때의 변화 관찰하기

Q 예시 답안 1

- 설탕물의 진하기가 다르면 쉽게 섞이지 않기 때문이다.
- 진한 설탕물은 연한 설탕물보다 아래로 가라앉는 성질이 있기 때문이다.

24. 우리 생활 속에서 용해의 예를 찾아보기

Q 예시 답안 1

용해

Q 예시 답안 2

- 설탕물에 설탕이 녹아있는 것
- 소금을 물에 넣어 음식의 간을 맞추는 것
- 주스가루를 넣어 주스를 만들어 먹는 것
- 꿀을 넣어 꿀물을 만들어 먹는 것
- 커피를 물에 녹여 커피를 만들어 먹는 것

25. 용해와 용액의 개념 이해하기

Q 예시 답안 1

- 링거액에는 몸의 병이 나을 수 있는 여러 가지 약들이 용해되어 있기 때문이다.
- 링거액에는 우리 몸에 필요한 포도당액과 병을 치료할 수 있는 약들이 혼합되어 용해되어 있기 때문이다.

26. 용액의 농도 비교하기

Q 예시 답안 1

- 맛을 본다.
- 흑설탕 용액의 색을 비교한다.
- 작은 물체를 띄워 가라앉는 정도를 비교한다.
- 용액의 진하기를 알 수 있는 기구를 사용한다.

27. 용질이 녹는 빠르기에 영향을 주는 요인 탐색하기

Q 예시 답안 1

- 물을 많이 넣는다.
- 물의 온도를 높인다.
- 설탕을 녹일 때 빨리 저어주면서 녹인다.
- 설탕 알갱이를 작게 한다.

28. 물체의 빠르기 비교하기

Q 예시 답안 1

- 경기장 크기가 직선거리로 400m가 되지 않기 때문에 타원형으로 된 트랙에서는 출발점이 다를 수밖에 없다.
- 타원형의 트랙을 달릴 때 선수들은 안쪽과 바깥쪽의 거리 차이가 있기 때문에 거리 차를 없애기 위해 출발하는 위치가 다르다.

29. 단위가 다른 물체의 속력 비교하기

Q 예시 답안 1

- 거리를 일정하게 하고 걸린 시간으로 빠르기를 비교한다.
- 시간을 일정하게 하고 이동한 거리로 빠르기를 비교한다.
- 속력의 단위를 같게 한 뒤 빠르기를 비교한다.

30. 물체의 속력과 우리 생활과의 관계 알아보기

Q 예시 답안 1

구분	내용
우리 생활에 이로운 점	- 일정한 거리를 빠른 시간 내에 도착할 수 있다. - 단축된 시간만큼 다른 활동을 할 수 있다.
우리 생활에 불편한 점	- 물체의 속력이 지나치게 크면 교통사고 등이 발생할 때 크게 다칠 위험이 있다. - 물체의 속력이 지나치게 빨라지면 위험하기 때문에 걸어 다니는 사람들이 통행 불편을 겪게 된다.

31. 태양계의 소중함 설명하기

Q 예시 답안 1

- 태양의 빛을 통해 광합성을 하는 식물이 사라지고 이후 동물들도 모두 사라지며 우리 인류마저 멸망하게 될 것이다.
- 지구는 온도가 내려가 얼음이 뒤덮인 행성이 될 것이다.
- 태양을 통해 에너지를 얻지 못해 전인류가 멸망하게 된다.

부록

서술·논술

나의 서술형·논술형 평가 능력테스트

본 체크리스트는 총 30개 문항이며 편견이나 잘못된 판단을 줄이기 위하여 다섯 분야를 다른 질문 형식으로 중복 질문 하였으며 솔직하게 체크해 보기 바랍니다.

	구 분	전혀 그렇지 않다	조금 그렇지 않다	조금 그렇다	매우 그렇다
01	나는 잘 모르는 것이 있으면 알 때까지 찾아본다.	①	②	③	④
02	나는 배운 것에 대하여 친구들과 말하기를 좋아한다.	①	②	③	④
03	나는 고르는 객관식 문제보다 쓰는 주관식 문제를 좋아한다.	①	②	③	④
04	나는 매일 책 읽는 습관이 있다.	①	②	③	④
05	나는 주변에서 일어나는 현상에 대하여 나의 생각을 자주 말한다.	①	②	③	④
06	나는 공부하는 계획을 세우면 실천하는 편이다.	①	②	③	④
07	나는 공부할 때 중요한 부분을 잘 파악한다.	①	②	③	④
08	나는 시험시간이 부족하여 못 쓰는 경우가 있다.	④	③	②	①
09	나는 책의 줄거리를 잘 요약하는 편이다.	①	②	③	④
10	나는 글의 내용에 대하여 깊이 생각하는 습관이 있다.	①	②	③	④
11	나는 수업시간에 선생님의 설명을 잘 듣지 않는 편이다.	④	③	②	①
12	나는 배운 내용을 노트에 정리하면서 공부한다.	①	②	③	④
13	나는 어려운 문제가 나오면 긴장하여 시험을 잘 못 보는 편이다.	④	③	②	①
14	나는 책을 읽고 저자와 다른 생각을 상상해 본다.	①	②	③	④
15	나는 문제해결 과정을 다양한 방법으로 해결하는 편이다.	①	②	③	④
16	나는 혼자서 스스로 공부하기를 좋아한다.	①	②	③	④
17	나는 공부할 때 연습장에 쓰거나 말하면서 공부한다.	①	②	③	④
18	나는 글씨를 정자로 빠르게 쓴다.	①	②	③	④
19	나는 내가 좋아하는 분야의 책만 읽는다.	④	③	③	①
20	나는 자연 현상에 대하여 관심을 가지고 본다.	①	②	③	④
21	나는 틀린 것이 있으면 그 이유를 분석하려고 한다.	①	②	③	④
22	나는 공부할 때 여러 방법으로 생각하기를 좋아한다.	①	②	③	④
23	나는 시험문제를 풀 때 계산을 잘못하여 틀리는 경우가 있다.	④	③	②	①
24	나는 책을 읽고 느낀 점을 글로 써 보는 습관이 있다.	①	②	③	④

구 분		전혀 그렇지 않다	조금 그렇지 않다	조금 그렇다	매우 그렇다
25	나는 지도나 도표를 해석하고 분석하는 것을 좋아한다.	①	②	③	④
26	나는 매일 꾸준히 공부하는 편이다.	①	②	③	④
27	나는 배운 내용을 영화처럼 스토리로 정리하기를 좋아한다.	①	②	③	④
28	나는 문제를 풀 때 하나하나씩 자세히 읽어가면서 푼다.	①	②	③	④
29	나는 글짓기를 잘한다는 말을 듣는다.	①	②	③	④
30	나는 실험을 하면 왜 그런 결과가 나올까에 관심이 많은 편이다.	①	②	③	④

서술형·논술형 평가 능력 등급기준

등급	우수	양호	미흡	부족
점수	20점 이상	16~19점	12~15점	11점 이하

나의 서술형·논술형 평가 능력 테스트 결과는?

체크리스트에서 체크한 점수를 아래 대상 문항끼리 모두 더한 합계를 나의 점수에 쓰고 위 표에서 그 점수에 해당하는 등급을 찾아 쓴다.

영역	대상 문항	나의 점수	나의 등급
습관 및 태도	끝자리가 1번과 6번 문항		
공부 방법	끝자리가 2번과 7번 문항		
시험수행능력	끝자리가 3번과 8번 문항		
독서·글쓰기능력	끝자리가 4번과 9번 문항		
교과적용능력	끝자리가 5번과 0번 문항		

* 나의 등급에 따라 부족한 부분을 보완하는데 노력하길 바랍니다.

서술·논술

서술형·논술형 평가 자기주도적 학습교재

:: 서울시교육감 인정도서